中国乡存丛书

蓝红燕 ◎ 著

# 山与川与海

广西人民出版社

图书在版编目（CIP）数据

山与川与海 / 蓝红燕著 . -- 南宁：广西人民出版社，2025.1.
（中国乡存丛书）. -- ISBN 978-7-219-11801-6

Ⅰ . I247.5

中国国家版本馆 CIP 数据核字第 2024YU6953 号

SHAN YU CHUAN YU HAI

## 山与川与海

蓝红燕　著

责任编辑　覃结玲
助理编辑　王晓雪
责任校对　文　慧
封面设计　刘　凛

| 出版发行 | 广西人民出版社 |
|---|---|
| 社　　址 | 广西南宁市桂春路 6 号 |
| 邮　　编 | 530021 |
| 印　　刷 | 广西民族印刷包装集团有限公司 |
| 开　　本 | 880mm×1230mm　1 / 32 |
| 印　　张 | 7 |
| 字　　数 | 160 千字 |
| 版　　次 | 2025 年 1 月　第 1 版 |
| 印　　次 | 2025 年 1 月　第 1 次印刷 |
| 书　　号 | ISBN 978-7-219-11801-6 |
| 定　　价 | 45.00 元 |

版权所有　翻印必究

# 目录

第一章　东西协作 / 1

第二章　跑山干部 / 13

第三章　润物无声 / 23

第四章　决胜脱贫 / 32

第五章　向东而行 / 40

第六章　青山立碑 / 49

第七章　往山上走 / 60

第八章　莫问前程 / 77

第九章　归乡书记 / 91

第十章　迎难而上 / 103

第十一章　不畏人言 / 110

第十二章　不虚此行 / 118

第十三章　奔向星辰 / 132

第十四章　头雁冬来 / 143

第十五章　重启思路 / 152

第十六章　竞技耀乡 / 163

第十七章　共同富裕 / 175

第十八章　消薄飞地 / 186

第十九章　创客联盟 / 198

第二十章　和光同尘 / 209

后　记 / 217

# 第一章
# 东西协作

金榜村的这户人家的天花板是木质的,电线是从楼板走的,白炽灯被长长的电线提着,光亮从楼板的缝隙穿过,往上可以看到屋顶青瓦,往下可以看到一家五口的日常。

金四媚端了一盘胡萝卜炒腊肉和一盘炒青菜放在了八仙桌上。李宏华掏出半袋花生米,将用矿泉水瓶装的白酒倒了半碗出来,并不舍得倒多。他爱喝酒,即便在工厂打工,中午也要小酌几口。

老母亲拄着拐杖到了餐桌边,小儿子李一楠捧着碗筷过来,金四媚招呼大家吃饭。

李一楠忍不住蹙眉:"姐姐还没下课吗?"

一家五口人并不齐整,金四媚解释:"你姐还在上网课,要把作业做完再回家,让我们先吃晚饭。"

家中没有安装宽带,读高中的大女儿李倩倩要去亲戚家借用网络，常常赶不上回家吃饭。

四人一边吃着晚饭，一边看新闻。他们并没有看新闻的习惯，只不过当下他们的目光被疫情牵动着。

新闻在滚动播放二〇二〇年武汉疫情的最新情况：各地临时改建的方舱医院启用，用于轻症患者的救治。

"也不知道几时能回去上班。"李宏华有些担忧，他心疼钱，"好不容易回家过个年，路费还花了几千，结果闹疫情，出不了门。"

"估计还要个把月吧。"金四媚随口应道。

"现在城里人都说山里好，病毒进不来，菜地有菜吃，不用出门，你们能待就多待一阵子。"老母亲一边宽慰道，一边给儿子、儿媳、孙子夹菜。儿孙难得陪伴在侧，团圆的日子便是她最幸福的时刻。

就在此时，李宏华的电话响了，他一看，是老板打来的，赶紧接起。

和老板简单问候之后，他连连说道："好的，好，好，谢谢。"

挂了电话，对上妻子疑惑的眼神，他解释道："老板打电话来，让我们回去上班，要复工了。"

"老板让回去我们就回去吗？"本来复工可以赚钱，是值得高兴的事，但金四媚又有新的担忧，"外面还有病毒，我们口罩都没有几个，怎么回？我们要坐两天两夜火车，路上感染了怎么办？"

"老板说了，包车来接！大巴明天从叙永出发。"李宏华喜滋滋地告诉老母亲和妻子，"他让我们不用担心，龙游是零确诊的低风险地区，当地政府下了文件，说要全力支持复工复产。"

"那赶紧吃，吃完收拾行李，咱要回龙游打工赚钱啦！"金四媚催促一家人赶紧吃饭，她加快了吞咽的节奏，连着夹了两片腊肉，今天真是疫情以来她最高兴的一天。

晚上，夫妻俩连夜收拾行李。李宏华灌了两壶整整十斤重的白酒，因为是坐大巴车，他能带上当地酿的白酒。金四媚决定带些腊肠，她装了满满一袋。

上完网课回到家，吃完家人为她留的晚饭后，李倩倩便开始收拾自己的衣服、寒假作业。父母都睡了，她还在整理东西，能回龙游上学她很高兴。在老家，她得跟着奶奶、妈妈去山上割猪草，还要帮忙照看弟弟，她没多少时间可以学习，看她想看的书。

第二日一早，与老母亲和幼子依依惜别之后，李宏华夫妻俩便背着两大袋行李，带上女儿走出家门。

"妈妈、爸爸、姐姐，你们也带我去啊！"站在家门口，看着父母和姐姐越走越远，李一楠忽然追了上去，抱住了妈妈的腿。

"别哭，楠楠乖，在家好好上学，听奶奶的话。"金四媚将儿子送回家中，把家门关上，心中虽有万分不舍，但还是头也不回地走了。

其实，她也想带儿子去浙江，可惜他们夫妻现在并无此能力。李倩倩之前也是留守儿童，读完小学之后，他们才带她到浙江上中学的。

到了约定的上车地点，大巴车已在等候，红色的条幅格外显眼：东西部协作扶贫劳务专用车，叙永籍农民工返岗直通车。

"浙江健康码，大家都提前准备好啊！"有人在前面引导，为大家测量体温、核对证件，还指导申领健康码。

上了车之后，送行的叙永县人力资源和社会保障局的同志表示："我代县委书记向大家表达关怀，他在疫情防控一线，不能赶来送你们，他让我祝你们一路顺风，祝你们在浙江工作顺利……"

"去年县委书记可是亲自送我们去浙江打工的。"李宏华和边上的一位年轻人说道。

"外出打工还有县委书记送，真是有排面。政府对我们太好了，不但为我们找到了工作，还包车免费送我们。"这位年轻的农民工叫陈大钢，是叙永县的贫困户，在政府动员下第一次出远门打工，"到了龙游后，我一定好好工作，好好赚钱，争取早日脱贫致富。"

大巴缓缓驶出，走过绵延的山路，一路向东疾驰，行驶了一千六百多公里，终于在第二日到达浙江龙游。

李宏华从车窗望去，车站门口拉着大横幅：就业增收千里出川，东西协作情满龙城。

车一停稳，他们甫一下车，便见工厂的迎接人员举着牌子，看上去已等候多时。

李宏华一家人来到了明森电子公司报到，陈大钢也紧随其后，登记好信息之后，他们领到了复工复产暖心礼包。

陈大钢迫不及待打开礼包，里面除了有酒精、口罩等防疫物资，还有毛巾、牙刷、洗发水等日用品，以及超市消费券和一百元的开工红包，这让他惊掉了下巴："我还是第一次碰到没给老板赚钱就先领钱的事！"

工友们都有说有笑，李倩倩却倍感失落地跟在大人后头。她回不去学校，也不能去父母的宿舍，不知该去哪里好。

金四媚明白女儿的担心，她本打算休整好之后，再打电话给结对子的家庭，把李倩倩送过去。

"倩倩！"就在此时，有辆私家车停在了不远处，副驾驶座的车窗玻璃摇下来，有个可爱的圆脸小姑娘探出脑袋呼喊她。

"早樱！"李倩倩怎么也没想到，她居然在这里见到了自己结对子的小伙伴、现在的高中同学蓝早樱。

私家车停好之后，一位气质儒雅、穿着黑色呢子大衣的中年男子从驾驶座下车，而蓝早樱已经跑到了他前面，向李倩倩飞快奔去。

"蓝叔叔、早樱，你们好呀！你们怎么来了？"李倩倩惊讶地问。

"早樱得到消息，说你们一家人今天回龙游，让我来接你。"蓝相谊说话声音很符合他的气质，沉稳且有磁性。

"快跟我们回家吧！"蓝早樱拉起李倩倩的手，亮晶晶的眼睛透露着期盼。

"我……"李倩倩有些犹豫，她不知该去何处，可又不想给蓝早樱家添麻烦。

"现在都在上网课，学校也不开学，你能去哪呀？你先住我们家，等开学了你再住宿舍。"蓝早樱了解李倩倩的难处，所以邀请她住自己家中。

"谢谢叔叔，谢谢早樱。"李倩倩很感激，她的燃眉之急得到了解决，"我跟我爸妈说一声。"

李倩倩刚想去找父母，一转身，却发现他们已经快步朝这边走了过来。

"蓝主任、早樱，你们好呀！"李宏华和金四媚笑着向蓝相谊和蓝早樱问好。

金四媚拿出从家里带来的一包腊肠，塞给蓝相谊："这是我们过年在家熏的腊肠，一点土货，不多，给你们尝尝味道。"

"别……你知道的，我们是不能收礼的。"蓝相谊明白，这腊肠是他们家能拿出的最好的东西，于他们而言是很贵重的，他赶紧找了个"借口"把腊肠还给金四媚。

"你给早樱，让早樱带回去。"李宏华在一侧看着干着急，他提醒妻子换个策略。

"叔叔、阿姨，别给我，我也不要！"蓝早樱的态度比父亲的态度还要坚决，连客套都不客套。

"给我吧！"李倩倩接过话，"早樱让我去他们家住，我得带点自己喜欢吃的东西。"

李倩倩的一句话让大家都坦然接受。随后，她拿着腊肠和自己的行李坐上了车，与父母告别后随蓝家父女一起离开了。

许久没见面的两个孩子有说不完的话，路上一直有说有笑。

龙游人的母亲河灵山江，自南向北流，从南面同尘畲族乡（简称同尘乡）流向城区。城区有座历史悠久的桥名为东阁桥，贯通东西，建于宋宣和年间，曾毁于日军之手，而后重新修建。桥的东面是菜市场、老旧居民区，桥的西面是繁华商业街、市政广场、龙游中学，蓝相谊的家在桥的东面。

一到家门口，女主人许美萍便迎了出来："倩倩来了呀？快进来。"她边说边给李倩倩递来干净的女式棉拖。

"阿姨，新年好。"李倩倩礼貌地打招呼，随后把腊肠交给许美萍，"这是我妈妈做的腊肠，我带过来一些。"

"你看你又收人家礼物。"许美萍睨了眼蓝相谊。

蓝相谊有些冤枉，他凑到妻子耳边说："收的是泸州美食，你多做些好吃的龙游美食回馈人家。"

"知道了，赶紧吃饭！"许美萍一边说一边招呼大家吃饭。客厅餐桌上已摆满整桌美食，有鸡、有鸭、有鱼，当然还有龙游出名的发糕。

坐在饭桌旁，李倩倩有些拘束，只夹离自己近的菜。许美萍起身，给她夹了大鸡腿、大块鱼肉，还舀了一满碗鸡汤，说道："多吃点，你太瘦了，高中学习辛苦，一定要补充营养。"

李倩倩连连感谢，埋头吃着碗里满满的食物。

饭桌上，蓝相谊问了李倩倩一路的情况，随后他开玩笑似的说："叙永送了人过来，现在龙游也要送人过去了，估计这两天我也要动身去叙永了。"

"还以为你不用去了呢！"许美萍似有些不满，"你挂职也就剩最后半年，要不你请个假吧，我想应该也不要紧。"

"哪能这么说！"蓝相谊心中不快，"还有很多工作要做，脱贫攻坚关键期，我不能掉队。"

"好吧！反正都两年半了，也不差这半年。"许美萍尽管嘴上抱怨，可吃完饭后，她便开始收拾蓝相谊的行李，对丈夫的工作她实际上是很支持的。

饭后,蓝早樱和李倩倩要上网课。李倩倩没有手机,无法上课。蓝早樱打电话与老师说明了情况后,两个人共用一部手机上网课。

晚上,两个姑娘睡同一张床。蓝早樱告诉李倩倩:"这个学期,咱们学校会选送五名学生去镇海中学山海班学习,你说,要是我们能被选上多好呀!镇海中学呀,那可是浙江最好的高中!"

"你肯定能选上的,我就没希望了。"李倩倩有自知之明,她的成绩在班里只是中上,而蓝早樱则是佼佼者,经常考班级第一。

"努努力,我们一起去多好!"蓝早樱已是十分神往,她在学习上从来不甘落后。

"不过,为什么我们学校的学生可以去镇海中学呢?之前老师说,镇海中学并不是面向全省招生的呀。"

"我听我爸说,龙游县和镇海区是山海协作的兄弟县区,教育帮扶也是对口协作的一部分。"蓝早樱解释。

"龙游不是浙江的吗,又不是贫困县,怎么也接受其他地区的帮扶?"李倩倩不解。

"我是这么理解的,我们龙游,既是山,也是海。"父亲的日常工作,让十六岁的蓝早樱对两地的协作有一些了解,"对于四川叙永来说,龙游是海,是沿海省份发达地区;可对于浙江来说,龙游是山,是浙江的落后地区。就像龙游帮扶叙永,我们也接受浙江发达地区的帮扶。我们既帮助别人,也接受别人的帮助,像过一座桥一样,既让有需要的人过来,也让其他人带我们过去,渡人渡己。只有这样,大家才能共同进步。"

彼时,蓝早樱还不能准确概括出这种精神——团结协作,共同富裕。

两日之后，蓝相谊启程前往四川叙永，一千六百多公里的路程，他选择先到萧山再乘坐飞机去泸州，之后再从机场坐大巴去叙永。

龙游本地还有一位农林专家吴宗林教授，也是志愿帮扶叙永的干部，本是要和蓝相谊一起去四川的，但动身前两天，他的夫人因身体不适住院了，他迫不得已推迟两天出发。

到了萧山机场，蓝相谊见到了一位好友。

这位好友名叫陈健，是蓝相谊在中南财经政法大学的学弟，也是和他一起奔赴四川进行东西部扶贫协作的浙江援川干部。

陈健是浙江省嘉兴市海宁市长安镇的党委书记，现在是四川省阿坝藏族羌族自治州黑水县人民政府办公室副主任，挂职色尔古镇党委第一书记。他是80后，多年的基层工作让他的脸上有了不少岁月的痕迹，周围人都难以相信他还不到四十岁。

他们一人飞泸州，一人飞阿坝，相见时间分外短，都格外珍惜在候机大厅短暂闲聊的机会。

"我还以为你飞成都，没想到你直接飞阿坝，下去容易高反。"蓝相谊有些担忧。

"我想快些到，再说我也习惯了，现在已经完全不高反了。"陈健的声音有些沙哑，却很幽默，"我刚到黑水的时候，高反可是真的严重，到哪都要人照顾，哪像是来扶贫的，倒像是给人增加负担的。没等我扶人家，先让人家扶我了。"

"后来你是怎么克服的？"

"只能咬牙坚持，先投入工作，再慢慢适应呗。"陈健笑着说。蓝相谊注意到，他黝黑的脸上挂着一坨高原红，已经很具当地特色。

"你从杭嘉湖平原到青藏高原，去的地方和你生活的环境完全不一样，是需要适应。"蓝相谊接着说到了自己的情况，"我一直觉得，我去的四川叙永跟咱们的家乡龙游差不多，很多地方都是相似的。叙永和龙游的地势、气候、农作物，以及饮食习惯，比如爱吃辣等，都出奇一致。唯一要适应的，就是当地的方言啦。"

陈健听蓝相谊动情地说着，连连点头。

恰在此时，陈健的手机响了，他接起，随即露出温柔的笑意，连连点头。

"我老婆打电话问我到机场没有。"陈健挂完电话后笑着说，"她出门时还跟我赌气，让我不要回来了。"

"我早上出门，美萍也是千叮咛万嘱咐的，早樱还哭了，我都不敢安慰，就赶紧跑了。"蓝相谊也说到自己出门时的情景。

"早樱成绩好，是考清华、北大的料，还那么贴心，真是羡慕不来。"

"你儿子呢？应该也快读高中了吧？"

"我家那小子，年年吊车尾，今年初升高，考重点中学够呛。"陈健说起自己的儿子，颇有点恨铁不成钢。

"努努力，多督促，很快就跟上了。"蓝相谊安慰道，"早樱全靠她自觉，我和美萍根本不管。"

陈健陷入沉思，随即说道："初升高的关键时候，我也不能在家督促辅导他，有时候在黑水想起来，觉得有点愧对家人。"

蓝相谊也陷入了沉默。蓝早樱中考时可以保送重点中学，她在征求父母意见之后，选择放弃保送，试着去考浙江最好的高中。可就在中考第一天，她却突然中暑。蓝相谊远在叙永，只能隔着电话安慰鼓励女儿。结果，蓝早樱中考虽然发挥有点失常，但还是去了本地的重点高中。

"唉，不说这些了！现在是脱贫攻坚关键时期，还是得以'大家'为重，为实现第一个百年奋斗目标努力！"陈健自我鼓舞，不再纠结于个人小情绪，"黑水有那么多扶贫干部，很多人用了一生去奋斗，他们跑的是马拉松，我们只不过是短暂地接力了一棒，陪他们冲刺。"

"确实如此！我们该为我们光荣的事业一起举杯！"蓝相谊也欢欣鼓舞，"可惜飞机上不能带酒，等下次我给你带一瓶从泸州带回的泸州老窖，你肯定喜欢。"

"酒先存着，等凯旋之时，我们一起举杯痛饮！"仿佛酒杯已在手心，陈健意气风发。

"好！那我们约定，等凯旋时一起喝最好的酒庆祝。"蓝相谊伸出拳头，与陈健碰拳，立下了约定。

"我相信，这天并不会太遥远。"机场的广播催促登机了，二人依依惜别。

"师兄，你比我早一年援川结束，回来之后记得等我！"陈健一边奔向登机口一边不时回望，和蓝相谊再一次约定，露出灿烂的笑容。

二人各自登上了飞机。飞机冲破云霄，向西而行。

陈健在飞机上,用手机备忘录写下了这次出发的感受:

再一次踏上前往黑水的路程,相比第一次去的时候,我的内心已经十分平静。与初来时的亢奋相比,我的内心深处又多了几丝忧愁。这丝忧愁倒不是因为和亲人分别,而是想到了扶贫的艰巨,想到了前方的坎坷,我需要有更多的勇气去面对。海宁,再见;黑水,我回来了。这次,我要交出最好的答卷!

## 第二章 跑山干部

蓝相谊到了叙永之后，便直接来到办公室，忙着签文件、打电话。过年期间，他在家也没有闲着，远程处理一系列事务。

他最记挂的还是他牵线引进的龙游飞鸡项目。飞鸡是龙游的传统土鸡，特别爱飞，肉香味美，故得名"飞鸡"。蓝相谊将飞鸡引进到叙永之后，飞鸡便成了当地受欢迎的"扶贫鸡"。龙游飞鸡已经进入叙永各个村落的贫困户家中，到二〇二〇年为止，已有五百多户贫困户共养殖了十万只飞鸡。

"主任，这次的鸡蛋收购还能不能保证按时按原价收购？"分管畜牧工作的曹敏心急如焚地问道。

"我已经联系了龙游那边的收购人员，这两天应该就到了。"蓝相谊说道，"我们一起去看看村民家中的情况。"

二人说走就走，一起前往石厢子彝族乡。堰塘村绕着赤水河建在山腰上，能俯瞰赤水河美景，大片的橘树林连绵不绝，可以说是钟灵毓秀之地。

进村之后，二人径直去往当地一户重点帮扶对象家中。男主人罗俊雄是个瘦小的中年男子，他的家是低矮的平房，一半是一家四口居住，一半改造成鸡舍养飞鸡，养了八十多只飞鸡。

他的家中摆放着码放整齐的鸡蛋，已经装了十几个蛋托。

"蓝主任、曹主任，现在疫情当前，我们家的鸡蛋还有没有人来收？再放着，怕是要坏了。"罗俊雄担忧不已。

"有，你放心！已经联系收购人员了。"

"那收购价格呢？"

"协议是什么价格就是什么价格，保证一分都不会少。"

浙江龙游扶持四川叙永农户飞鸡养殖业务，在免费送鸡苗、免费搭鸡棚、免费装监控、免费安装网络的"四免"政策基础上，按每只成鸡九十元、每个鸡蛋一元的保护价进行回收。

"等网线拉好，你家也会很快连上网络的。"蓝相谊理解罗俊雄的担忧，他提到了另一件他在推进的事。安装网络是一个美好的想法，但真正实施起来却并不容易。为了给山区通宽带，需要拉线路。即便通了网络，很多村民家中也没有电脑，为了让他们可以更好地接收资讯，利用网络进行销售，蓝相谊又开始筹划送电脑下乡的事宜。

从罗俊雄家出来，二人又连续转了几个村子，走访了几户养飞鸡的贫困户。大家关心的，还是鸡蛋的销售问题。

蓝相谊又给龙游当地负责收购的罗高亮打电话，再一次催促道：

"高亮，明天到底能不能到？这边老百姓都急成热锅上的蚂蚁啦！"

"蓝主任，别急，我们已经出发了！顺便告诉你，我把老教授也带过来啦！"罗高亮说道，他口中的老教授就是吴宗林。

"太好了，那你们路上注意安全！"蓝相谊叮嘱道。

蓝相谊站在山腰的观景台极目远眺，他指着橘子树对曹敏说道："我们老家也有大片的橘子树，叙永真的和我们龙游太像了。"

"你们衢州柑橘是很有名的，我知道。"曹敏有所耳闻。

"柑橘是需要宣传的。你知道和衢州柑橘出现在同一张广告牌上的人是谁吗？"

"是谁呀？"

"是演员周华！她当时出任衢州旅游形象大使，拍广告时她的身后就是大片的长着黄澄澄果子的橘子树。"蓝相谊有些激动地说道。

"周华啊，我很喜欢她的。"曹敏露出喜悦的表情，"她是衢州人，通过她极大地提高了衢州的曝光度。"

"是啊！叙永的橘子、竹子等，也要大力宣传！赤水河畔的美景、美食，是很有吸引力的。"蓝相谊望着眼前的风景，心中有张蓝图。如何让这片土地的特产走出去，是他一直在思考的一个问题。

飞机降落在阿坝红原机场，陈健的高原反应还是出现了。虽然已经不如初来阿坝时强烈，但不适感还是很明显。

回到办公室，放好行李之后，他便驱车前往黑水县麻窝乡别窝村。这里是由浙江海宁援建的高山蔬菜种植基地，现在这里已经成功培育出第一批秧苗，陈健迫不及待想去看看。

车在崎岖陡峭的山路上贴着石壁行驶了近一个小时，终于到了高山蔬菜种植基地。基地大棚面积约九百平方米，配有通风机、水幕降温等设施，可以实时控制大棚内温度。按照规划，这个大棚每个月可以完成一次秧苗培育，每次培育出来的秧苗可种植二十亩地。

陈健迫不及待地钻进大棚，看到一列列长势喜人的豆苗、莴笋苗、娃娃菜苗……秧苗青嫩青嫩的，他的眼里泛着光。

"陈书记，你快来看看，我们育苗成功啦！"在大棚里负责管理秧苗的是一位叫俄木的藏族老农，他喜滋滋地向陈健介绍。

"太好了，快去通知村民，让大家来认领秧苗，拿回去种。"俄木依言离开后，陈健则继续在大棚里逛着，这些绿油油的秧苗，他越看越欢喜。

没过多久，俄木回来了，却对着陈健叹气，一言不发。

"其他人呢，怎么没跟你一起过来？"陈健不解地问道。

"他们还是有些担心……"

"之前不是都说好了吗？"陈健有些激动，他之前跟村民有过约定，"种植高山蔬菜，产销都有保障，还担心什么？"

说完，他已按捺不住，快步走出大棚，一一去召集当地村民来到别窝村村委会。

"说好的种高山蔬菜，好不容易育苗成功了，大家为什么又不想种了？"陈健属实有些生气，但基层工作难做，他告诫自己，还是要耐心点。

"大家祖祖辈辈都种土豆、荞麦，现在要去种高山蔬菜，没有那么大的勇气。"一个村民开口解释。

"现在大家还每天都吃土豆吗?我想大家也不爱天天吃土豆吧!种的土豆吃不完,等到发芽了,又去种新土豆,结果,发芽的土豆越来越多,种的土豆也越来越多,积累下来的土豆怎么办?虽然土豆可以卖给乡里的土豆粉厂,但每年几亩地收出的土豆能赚多少钱,我想大家比我更清楚。"陈健大声对村民们说道,"我国的土豆主产区亩产万斤,咱们这里的亩产多少,收入多少,大家对比过吗?"

村民们听了陈健的话,纷纷议论起来。陈健听到有人小声说:"亩产过万斤,那跟他们比,咱们确实差很多。"

陈健缓了缓,接着说:"土豆我们也可以种,种完土豆,我们紧接着种菜,能更好地利用土地,让土地流转起来,大家才能赚更多的钱!高山蔬菜是最能发挥我们地理优势、生态优势的项目,虽然前期投资大,但后期回报高,而且蔬菜大棚我们已经建起来了,育秧也成功了,渠道也铺好了。我们的高山蔬菜会卖到浙江等大城市去……所以,只要大家按时去播种、去培育,我相信一定会有好的回报。"陈健再一次鼓励大家。

村民们在陈健的劝说之下又有了信心,一个个主动前往育秧大棚,领取秧苗。

解决了育秧问题,陈健终于松了一口气,之后,他又走访了几户人家,夜幕降临时才驱车离开。

别窝村的山路非常不好走,千米高的山地,遍布着九曲回转的羊肠小道,正如李白所说"上有六龙回日之高标,下有冲波逆折之回川"。土石方填的路,颠簸是难免的,路边没有护栏,稍有差池便有生命危险。

这样的山路陈健走多了，慢慢也就习惯了。他到黑水一年，大大小小的山路都走了一遍，已经是当地有名的跑山干部。

回到办公室，陈健又继续工作，处理了部分积压的文件，为了留时间收拾行李，他比平日早些收工。

回宿舍整理好行李后，陈健拿出了自己的日记本。日记本是他在党校培训时发的，封面是用鲜红色的软皮做的，扉页上是他工整地写着的四个字——扶贫日记。

接着他在《扶贫日记》里写下心得：

2020年2月9日，我离开海宁，重新回到了黑水。下午去别窝村看了看，高山蔬菜育秧成功了。"春种一粒粟，秋收万颗子"，期待高山蔬菜在黑水的山崖边开出青绿的希望之色。今天和村民交流后，我意识到，基层工作还是要抓严抓实抓细，有些地方需要反思。和相谊师兄的交流让我受益匪浅，他到了一地就能很快和当地融为一体，这种"既来之则安之"的心态是我不具备的，我要向他学习。今年的目标，努力融入黑水！

在蓝相谊打出电话后的第二天，罗高亮没有食言，带着老教授吴宗林到达了叙永，二人来到吴宗林在叙永的工作室——浙川东西部扶贫协作竹产业专家工作站。

这个工作站成立已有一年有余，是当地政府专门为吴宗林搭建的援川技术平台。吴宗林原是龙游县林业水利局教授级高工、浙江省突出贡献专家，和竹林打了近三十年交道，长期以来从事竹林培育技术的研究与推广，有一套成熟的理论和技术，为龙游当地竹产业发展作出了突出贡献。为响应东西部协作扶贫号召，年近六旬的他，穿过大半个中国，不远千里来到叙永县支援当地的发展。

吴宗林喜欢下基层，他已经走遍了叙永的乡镇，与当地不少农户成为朋友，可以说是送技术上门。不下基层的日子里，他在工作站研究编纂竹林培育的相关教材，下基层的时候再发给农户。

"吴老，已经中午了，我请您吃饭吧！"将吴宗林送到办公室，罗高亮提议道。

"不用你请，我请你吃食堂，我们食堂还不错。"吴宗林则另有打算。

罗高亮也没有推辞，二人便一起来到食堂，点了几道当地的特色菜，边吃边聊。

"这道腊肉炒西芹，真的不错，辣椒也很好吃。"罗高亮津津有味地吃着，连连夸赞。

"我老婆做的炒腊肉也很好吃，我老婆不是四川人，但做的川菜很地道！"提起夫人，吴宗林满脸幸福地说道。

这可激起了罗高亮的好奇心，他笑着说道："我想听听吴老的浪漫故事。"

"我们都老夫老妻了，有啥好说的。"虽然嘴上说着没什么，可吴宗林还是十分高兴地分享了自己与夫人的情感经历。他和夫人是恢复高考后的第一批大学生，他学农林，夫人学药剂，二人在校园里相遇，后来结婚，现在已携手走过了珍珠婚。

罗高亮听得入迷："真是让人羡慕的爱情，我也好想拥有啊！教授能不能在这方面也指点指点我呀？"

吴宗林说道："你有什么话，就直接说吧。"

罗高亮有点不好意思地说："吴老，都说四川美女多，我单身，您要是有认识的，可记得给我介绍介绍。您面子大，准能成。"

"年轻人的缘分要靠自己去争取，多出去走走出去逛逛，缘分自然就来了。"吴宗林笑着说道。

罗高亮叹了一口气，惋惜道："可惜我待在这里的时间不长，很快就走，怕是没有机会啊！"

离开食堂之后，吴宗林回办公室工作，罗高亮则去找蓝相谊。蓝相谊见到罗高亮，悬着的心总算放了下来。

"蓝主任，你这次鸡蛋收购，可真是八百里加急啊！我也不负所托，准时到达。"罗高亮开门见山，笑着说道。

"是啊！也是怕来不及，才会紧急联系你们过来。"原来，春节前夕，龙游县总工会和龙游县经济技术协作中心在东西部扶贫协作的号召下，动员龙游当地基层工会会员，把叙永县优质农产品作为职工春节福利的优先选项，如龙游飞鸡、鸡蛋等都名列其中。

龙游的中小学校还向教职工发放了价值五百元的扶贫消费券，专门用于购买叙永的农产品。蓝相谊联系了龙游的相关单位，统计出鸡蛋的购买数量，近万斤鸡蛋很快被预订一空。

收购人员上门之后，家家户户高兴地将要卖的飞鸡和鸡蛋送来装车，很快就装满了卡车。

就在车装好准备驶离时，一位当地姑娘走了过来。

"等一下！"姑娘喊住了众人。

"什么事？美女，你有鸡蛋要卖吗？"罗高亮从货车副驾驶座的车窗探出头来问。映入他眼中的，是一位身材苗条、穿着紫色棉袄的姑娘，她笑容爽朗，长发飘飘。

姑娘走到了货车旁，对罗高亮说道："不是，是村支书托我来给你们送横幅，麻烦你下来接收一下，把横幅挂在车上。"

罗高亮闻言，立刻打开车门，跳了下车。

他接过姑娘手中的横幅，和姑娘一起在左右两侧拉开，红色横幅缓缓拉开，上面的白字格外醒目：浙江龙游以购代捐千里施援显大爱，四川叙永农副特产乘势东流感厚恩。

姑娘还落落大方地读了一遍。

蓝相谊有些动容，他有些激动地说道："叙永人民实在是太客气了，我替龙游人民感谢大家。叙永一定会顺利脱贫，东西协作山海情深，两地情谊源远流长。"

在场的人都纷纷鼓掌。

"你帮我看看，这样正了吗？"罗高亮爬上车挂横幅，却时不时瞟向眼前这位漂亮的叙永女孩。

"挺好的。"女孩笑盈盈地表示。

挂好横幅之后，罗高亮来到女孩身边，和她了解叙永的情况，也得知女孩名叫曾小柔。

两人正聊得热络，货车司机鸣笛催促了。

"你等一下。"罗高亮和曾小柔说完，便奔向大货车。

"我今天不回龙游了，过几天我自己回去。你回去把鸡蛋和飞鸡送到县总工会就行了。"罗高亮跑到驾驶座的车窗旁对司机李政说道。

"高亮,你今天不回龙游了?"蓝相谊看到罗高亮没有随车一起离开,很是诧异。

"我准备在这边再考察考察项目,看看有没有合作空间,也助力东西协作。"罗高亮笑着表示。

"行!那你好好考察,及时跟我交流。"蓝相谊适时鼓励他。

"你……今天不走了?"曾小柔也有些困惑,她没想到罗高亮居然临时决定留下来。

"是啊,我准备留下来,看看你们叙永。"罗高亮对曾小柔伸出右手,"对啦,忘记自我介绍了,我叫罗高亮。"

"你好,很高兴认识你。"曾小柔也伸出了右手,和罗高亮的手相握的瞬间,二人目光相接,她感觉有些不好意思。

此刻,叙永山间的风温柔地拂过曾小柔的鬓发,也穿过罗高亮的指尖,空气中传来了一阵特殊的香味。

刺激浓烈,香气四溢,是浓浓的酒香。在场的人都被这股酒香吸引了,无不好奇这是哪里飘来的酒香?

# 第三章 润物无声

"这是我家在酿酒呢!"大家都很好奇这股酒香从哪飘出来的时候,曾小柔说话了。

"你家的酒呀,太香了!"罗高亮夸赞,"泸州的酒声名在外,风过泸州带酒香,酒城泸州名不虚传。"

"你对我们泸州的酒还挺了解的嘛!"曾小柔有点意外,她本未在意眼前这个瘦高、单眼皮的青年,现在却不由得想和他多说几句。

"了解是了解一点,但还没喝过。"罗高亮顺势问道,"你们家的酒对外销售吗?"

"当然,我们家的酒酿出来就是拿来卖的,十里八方的乡亲都来我们家订酒,我们家的酒在当地也算小有名气。"曾小柔对自己家的酒的品质很有信心,"我爷爷、我爸爸都酿酒,我们家是酿酒世家。"

"厉害啊!我想买酒,能去你家看看吗?"罗高亮顺势问道。

"可以呀！大家一起来吧！"曾小柔爽然一笑，热情邀请大家一同前往家中。

"我们还有工作，就不去了。"蓝相谊和随同人员表示。

蓝相谊又叮嘱罗高亮："高亮，你去了小柔家，要多学习多看看。"

"蓝主任你放心，我一定会好好珍惜这个学习的机会。"罗高亮爽快答应。

曾小柔的家位于村子的最高处，院落四四方方，像四合院一样。

"你家很大啊！"罗高亮感慨。

"当然得大，藏酒的仓库、蒸馏坊、晒酒坪，这些地方都得有。"曾小柔边走边介绍。

二人走过蒸馏坊，又走到仓库，仓库里堆了很多用缸装的酒。这时，曾小柔的父母抬着一缸酒过来。

罗高亮忙主动上前帮忙："叔叔、阿姨，我帮你们。"

说着罗高亮便帮忙将酒抬到合适的位置放下。

"小柔，这位小伙子是谁啊？"曾父看着罗高亮赞许地问道。

"他是从龙游来的，叫罗高亮，想来我们家看看酒。"曾小柔介绍道。

"叔叔、阿姨，你们好！我听小柔说你们家世代酿酒，所以想过来看看，见识一下。"罗高亮表明了自己的目的。

罗高亮虽是个商人，但此行看酒买酒并非他的唯一目的，他还是想和曾小柔多接触，想多了解她。

"我表姐、表姐夫都在龙游打工，他们喜欢喝酒，你回去的时候帮我给他们带点新酿的酒过去吧。"曾父倒是不见外。

曾小柔赶紧说道："爸，人家不方便的，他的车已经让人开回龙游了。"

"方便方便，我亲戚朋友也喜欢喝酒，我也想在你们家买酒，泸州的酒太有名了，我不能白来。到时候我会一起托运过去，不用担心。"罗高亮爽快答应。

"小伙子挺热心，真不错。"曾父对眼前这位年轻人有些好感。

曾母对曾小柔说道："你给他介绍介绍我们家的酒，一会儿一起吃个便饭。"

"不用了吧……"曾小柔觉得父母对罗高亮太过热情，有些不情愿。

"你这孩子，龙游来的客人，我们一定得好好招待，我和你妈先去准备一下。"曾父给女儿使眼色。

"叔叔、阿姨实在是太客气了。"罗高亮也没推辞，又对曾小柔说道，"小柔，辛苦你了，给我介绍介绍你们的祖传技艺吧！"

曾父、曾母离开后，曾小柔继续为罗高亮介绍她家自酿的酒。

"这一批酒是新酿的，是以糯高粱为原料，以泸州特产软质小麦为酒曲酿制而成的。少部分直接卖，大部分会做成窖藏酒。"曾小柔介绍父亲新酿的酒。

"我对窖藏酒挺感兴趣的，你能跟我具体说说吗？"罗高亮追问道。

"秋冬季节我们酿好酒，酿出来的酒会放在室外暴晒半年，经过夏三伏，好酒、不好的酒都会呈现出来，我们将不好的酒剔除。之后我们再在秋冬将酒入窖封藏，封藏的时间，短则一年，长则数年。"曾小柔边说边引领着罗高亮往前走。

原来在储藏室深处还有窖藏室，可见泸州酿酒细致考究。这窖藏室的墙体是黄泥塑的，没有任何粉刷的印记，也没有水泥和石灰的影子，非常原生态。

"这是我们的窖藏室，恒温恒湿，确保酒能够自然地酿出丰富、多层次的口感……"曾小柔滔滔不绝地向罗高亮介绍。

"太讲究了，老窖果然名不虚传。"罗高亮想到了家乡的酒，进行了对比，"我们家乡也有酿酒的，每年冬季也会自己做米酒，但程序没有那么复杂。"

"你的这批酒怎么卖？"罗高亮继续问。

"这批酒大部分已经订出去了，有两缸是我们自己留下来的，你如果要，就给你吧。"曾小柔很是大方。

罗高亮当即决定买下这两缸酒，他又说道："我还没喝过你们家的酒呢，能尝尝吗？"

"当然可以！"曾小柔随即给他盛上一碗酿好的酒。罗高亮看着满满一大碗白酒，有些后悔自己为什么要向曾小柔讨酒喝。

"浓香馥郁，味道清冽，醇和净爽，入口甘甜。"罗高亮喝了一口，连连称赞。

"真的吗？"听到罗高亮的夸赞，曾小柔也极为高兴。

"真的，这是我喝过的最好的白酒。"罗高亮夸赞道。

"看来你很能喝啊，那我们到饭桌上喝。"曾小柔热情地说道。

罗高亮被曾小柔请到客厅吃饭喝酒，他一坐下来，曾父、曾母便热情地给他倒了一碗酒。他刚喝了一大碗白酒，怕再喝就喝醉了，可现在又不好意思多说什么，在曾父、曾母的热情招待之下，他又喝下一大碗白酒。

吃饭时，大家聊了很多与酒有关的话题。酒过二巡，罗高亮有些不胜酒力。

"你家的酒……真的……很好喝。"喝醉后的罗高亮脸颊泛红，言语不清，但仍在夸赞酒好。

"他喝醉了，先扶他去休息吧。"曾父说着，起身和曾小柔一起将罗高亮送去一间客房休息。

"小柔，你照顾他一下。"曾父提醒。

曾小柔看着罗高亮躺在床上已昏昏睡去，一时之间有些后悔留他下来喝酒了。

在罗高亮呼呼大睡的时候，蓝相谊在对接龙游捐赠给叙永的物资，吴宗林去了江门镇的竹子林，陈健则去了黑水的一所学校。

春节后，龙游捐赠了一批扶贫专项物资给叙永，有送给贫困学生的书桌、书包、衣服、鞋子等，也有送给残疾贫困户的轮椅、盲杖、助听器等。

这批物资被送到叙永后，蓝相谊和当地教育部门、福利机构一起举办了简单的捐赠仪式。

"感谢龙游人民给我们残障人士送物资……"代表残疾人讲话的是叙永当地的劳动模范林大勇。

林大勇小时候因为触电致右臂缺失，可他身残志坚，读完高中后在家养猪，逐渐摸索出一套成熟的养猪技术，成为当地的致富能手。

龙游在叙永援建了七家养猪场，是预备承包给专业人士的，项目好、投入少、产出快，自然被不少商人看上了。可在蓝相谊看来，这些养猪场要为当地百姓创富，不能只让少部分人赚钱，也不能因为追求短期利益而不顾长远发展，他需要交托给值得信任的专业人士，因而在承包商的选择上他需要慎之又慎。

林大勇就是最有可能被两地政府选中的承包商，他有丰富的养猪经验，不但拿出了一套完整的猪场运营方案，还承诺给当地贫困户培训，提供近八百个就业岗位，并写了详细的落实方案。但蓝相谊对此还是有些不放心，他提醒林大勇要往长远考虑，不能只想着赚钱，要考虑生态发展。

林大勇代表残疾人讲完话后，坐回到座位上。

叙永的教育部门和福利机构代表发言之后，蓝相谊讲述了现场一位获赠轮椅的老人的故事。"张大爷是个孤寡贫困户，十五年前，一场大病夺走了他的双腿，之后他便用手推着自制的木板车生活。他每天出门捡废品，下地种菜，自食其力，如今已经整整十五年了。如今，张大爷在政府的帮扶之下搬进了新家，现在他有了一辆好控制的轮椅，相信有了轮椅之后，他的生活会有更多更好的改变……"

此时，张大爷在台下坐在轮椅上，露出了满足而又腼腆的微笑。

捐赠仪式结束后，大家一起拍照留念，定格了这一值得纪念的时刻。

江门镇是叙永县的北大门，处于川、滇、黔三省接合部，既在四川盆地周围，又在云贵高原边缘，属于显著的丘陵地貌。

进入江门镇，便可见路边立着的两块醒目的牌子：中国绵竹特色之乡、中国浆用竹林之乡。

这两块国字号金字招牌，是在吴宗林的帮助下，才成功申请到的。

"吴老，多亏您，我们才申请到这两块牌子，大家都非常感谢您！"和吴宗林一同乘车到江门镇双莲村的是村民陈大有，他承包了一片山地养竹。为了养好竹子，他经常进城找吴宗林请教问题。遇到难以解决的，或者需要实地考察的问题，吴宗林会上门指导。

"这是大家的努力换来的，我只是做了我该做的。"吴宗林摆手道。

"正是有了这两块牌子，年产二十万吨的竹浆纸一体化项目才会落户江门。我们本地人也不用外出打工了，可以上山砍毛竹再把竹子卖到厂里，也可以去造纸厂打工，比出去打工赚得还多呢！"陈大有笑呵呵地说。

"叙永的竹产业发展目标是成为中国竹产业西部发展高地，我认为竹产业大有可为。"吴宗林实时关注四川省政府相关部门的规划，这让他对叙永的竹产业发展充满信心。

二人边聊边来到山脚下，毛竹山的路尚未修好，必须步行前往。此时，已有不少村民在林间等吴宗林。

"吴教授，我们的竹子长虫了，叶片都黄了。我去年打过药了，今年怎么还有虫呢？"有个村民有些焦急，一见到吴宗林便直接提出自己遇到的问题。

"这是长竹螟了,你去年杀了大虫,但虫卵没杀死,所以今年虫子又出来了。"吴宗林仔细看了看,判定了虫害的类型。

随后,吴宗林又跟大家讲述了竹螟防治的要点。说完之后,他让人用电钻在第二个竹节上钻了一个小洞。小洞钻好之后,他从包里拿出了一个注射器,将针头插进洞内,把里面的药水注射了进去。

一位村民惊叹地说:"吴老,您真像竹子医生,还能给毛竹打针。"

吴宗林笑着说:"你这个比喻挺恰当的,竹子有毛病就要治它,我干的确实是医生的活儿。"吴宗林也认可自己是竹子医生,对于竹子的病虫害防治,他研究了数十年,颇有经验,"给竹子注射药物,大虫、小虫、虫卵一起杀,不仅竹子长得好,而且出笋也会更多。"

"出笋多不多倒是没有什么关系,我们这的笋都是苦的,没什么人吃,卖不出去,都留着长竹子。"一个村民说道。他们并不指望竹子出笋赚钱。

"笋苦这个事,我也在想办法解决。我们龙游的雷竹笋味美鲜甜,去年的收购价格是六元钱一斤。出笋多的时候,每家每户靠卖笋赚个几千甚至上万块钱都是没有问题的。"吴宗林在江门镇种了一大片试验林,他一直在尝试让叙永的苦竹产出鲜甜可口的竹笋,目前已经初具成效,但还不算试验成功。

他打算等试验成功之后再向村民推广经验,给村民增收提供一条新路子。

对黑水的教育帮扶,也是东西协作的一部分。

这天，黑水县沙石乡中学的校长张继成联系陈健，告诉他海宁当地的爱心企业捐赠给学校的窗帘和护眼灯已经安装好了，邀请他去看看。

陈健到了学校，看到学校的操场已修葺一新，操场上立起了两个标准的篮球架，两侧还装有太阳能路灯，以后下了晚自习，学生们回宿舍也不会因为黑灯瞎火而摔跤了。

此时学生还没回校上课，但陈健却仿佛看到了孩子们在操场上打篮球的场景，似乎听到了孩子们银铃般的笑声。

他看到学生宿舍的太阳能热水器也安装好了。他组织开展"暖冬行动"，给黑水多个乡镇学校的宿舍安装了太阳能热水器，帮助这些孩子解决了在冬天用热水洗脸洗手的问题。

陈健和张继成一起走进教室，看到了崭新的窗帘和明亮的护眼灯。今后，孩子们上课学习时，再也不用为光线不好而烦恼了，陈健终于放下心来。

当晚，陈健在《扶贫日记》里写道：

扶贫工作，落到细处，就像是一滴水融入了海洋，也许在海洋里很难再找到这滴水的影子，可这滴水却实实在在存在着。很多扶贫工作，在当下不一定是卓有成效的，但往长远看，它的价值是不言而喻的，就如黑水学生们脸上露出的灿烂的笑容……这些笑容，对我而言，同样弥足珍贵。

黑水的脱贫，马上进入决胜期了，相信胜利就在前方！

# 第四章 决胜脱贫

枧槽村位于叙永南部,地处高寒山区,交通不便,属于重点帮扶村。驻村的第一书记是叙永教育局的骨干任萍萍,她在枧槽村定向帮扶,一待就是三年,和蓝相谊也算是老相识了。

三年前,蓝相谊初来叙永,踩着几十公里的泥泞土路,到了高山之上的枧槽村,见到村民喝不上干净的水、用电设备经常断电,才深刻地感受到了东西部发展的差距,也意识到了扶贫工作迫在眉睫。

任萍萍上任后,村民的饮水问题、供电问题,都是她一手抓一手解决的。

短短三年时间,枧槽村发生了翻天覆地的变化。现在,蓝相谊可以开车到枧槽村村委会了,任萍萍不用每天想着筹钱、追着施工队跑,也不用一遍遍做村民的工作了。

这天,蓝相谊来到任萍萍面前的时候,她正在低头整理文件。

"任书记！"蓝相谊笑着和任萍萍打招呼，"一大早就那么忙，我来不会耽误你工作吧？"

"你这么说就太见外了。"任萍萍也笑呵呵地应着，她一边同蓝相谊说话，一边收好文件，"申报退出贫困村的材料中，有份说明需要更正，我得赶紧改好寄出去。"

"这件事重要，那你先忙，等你忙完咱们再出发。"蓝相谊耐心等待。

"搞定。"任萍萍很快将文件整理好并寄了出去，这才和蓝相谊一起离开。二人此行目的地，是龙游援建叙永的七个养猪场。

叙永以"半年建设，当年投产，当年见效"为目标，狠抓抢干，如今养猪场已顺利落成，可以投入运营了。

经过综合评估，养猪场承包权还是给了养猪大户林大勇。在正式招投标阶段，林大勇拿出的方案，得到了两地领导的认可。

林大勇努力践行生态发展之路，把生态循环养殖模式进行了细化，他在养猪场外围承包了十亩地种植绿色蔬菜。用猪粪生产沼气，沼气可作为烧水做饭的燃料，而沼渣又可以用来种菜，种出的菜进入市场流通，农民又能增加一笔收入。从猪粪到绿色蔬菜的循环，是生态循环养殖模式的亮点。

养猪场和蔬菜基地目前已经雇用了几十个贫困户。枧槽村需要重点帮扶的贫困户林幺伯就负责其中一家养猪场的清扫工作。

蓝相谊和任萍萍到了养猪场，看到生猪已经可以出栏，大猪挤着小猪。听到猪哼哼声四起，他们都露出了欣慰的笑容。

林幺伯正佝偻着身子，拉着水管清洗猪舍，他还时不时拿起扫帚"唰"地一捅，将猪粪捅进排污沟里，排污沟通向沼气池。

他冷不丁左右横扫，猪粪水直接往蓝相谊身上溅来。

"哎呀！"任萍萍大呼一声，发现蓝相谊外套的袖子已遭了殃。

林幺伯这才回过头来，看到二人一脸吃惊，他赶紧放下扫把，道歉道："真是对不起，有没有沾上？我耳朵不好，没听到你们走进来。"

"几滴'金汁'而已，没什么关系。"蓝相谊脱下外套，拿出纸巾，准备简单擦擦。

"蓝主任，我给你洗衣服吧。"林幺伯说着已经把外套从蓝相谊的手上拿了过去。

"不用不用，我用洗衣机洗很方便的。"蓝相谊又把外套拿了过来。

"要的要的，顺便去我家坐坐，反正就在附近。"林幺伯热情地邀请二人去自己家中。

蓝相谊正好也想去他家看看，便答应前往。

从前，林幺伯住在破旧的土房里，生活条件非常差。三年前，他大儿子因生病没钱医治去世了，他老婆也跑了，只留下他和小儿子相依为命。而今，林幺伯已经住进干净整洁的安置房，农时务农，其他时间在养猪场打工，每年也有几万元收入，他小儿子林超很快就要初中毕业了。

"林超今年中考，有没有希望考上高中？"任萍萍一直在关注林超的成绩。

"估计考不上，他不是读书的料。"这是林幺伯对自己儿子一贯的评价。

"有什么打算吗?"任萍萍追问。

"如果他能考上,我一定让他读书;如果他考不上,我也没有办法。"相比之前,林幺伯的态度已经有了极大的转变。以前,他恨不得儿子赶紧辍学去打工赚钱。如今,只要有一线希望,他还是希望儿子能接受教育。随着扶贫工作的深入,当地贫困户的思想观念也发生了很大的变化,这让任萍萍倍感欣慰。

在林幺伯和任萍萍说话的时候,蓝相谊将外套装进了随身拿着的皮包里。林幺伯回到家后一忙活,倒把这事给忘了。

林幺伯想留蓝相谊和任萍萍在家中吃饭,蓝相倒是不客气,直接问道:"都有哪些菜啊?"

林幺伯笑呵呵地说:"有猪肉炒酸菜、韭菜炒鸡蛋,我再做个番茄鸡蛋汤,很快就好。"

蓝相谊赞许地点头:"看到你吃的用的都还过得去,我们也就放心了。我们不留下吃饭了,一会儿还有事,我们办完事就走了。"

他们二人正准备离开,林幺伯突然说道:"对了,蓝主任,你的衣服我还没给你洗呢。"

"谢谢你,真不用了,我回去用洗衣机洗。"蓝相谊再一次谢绝了。

回去的路上,蓝相谊看到任萍萍没说话,好像一直在思考,便问道:"你在想什么?"

"我在想林超初中毕业后怎么办,他没有手艺,没有学历,去打工也只能做最简单的工作。"任萍萍对林超的未来充满担忧。

"确实应该学点一技之长,不然只是出去打工也不行。"任萍萍的担忧不无道理,蓝相谊说道,"授人以鱼不如授人以渔。"

"我们是不是可以合作?"任萍萍脑海中突然冒出个想法,"叙永与龙游有劳务协作关系,像林超这种刚初中毕业的,能不能在龙游接受一些正规的培训或者学习?如果能拿个文凭就更好了,以便他们能更好地走上工作岗位。"

蓝相谊认同这一想法:"龙游的职业学校有造纸、汽车维修、烹饪等多个专业,每年都会为各类企业输送大量人才,我觉得可以与职业学校对接试试。"

二人一拍即合,让叙永的孩子去浙江接受职业教育的规划,逐渐清晰。

阳春三月,春风拂面,阳光和煦。万物生机勃勃,百花竞相绽放,好消息也伴随春风传来。

"好消息!好消息!"蓝相谊办公室里最年轻的小吴,激动地告诉大家,"叙永脱贫了!"

"真的吗?让我看看。"闻言,蓝相谊激动地从座位上站了起来。

"真的!真的!叙永被写在文件标题上了呢!"小吴也很激动,说话都有些不利索。

"我看看。"蓝相谊走到小吴面前,睁大眼睛盯着电脑屏幕,一字一字念着文件:"四川省人民政府关于批准叙永县等31个县(市)退出贫困县的通知……"

"太好了,我们脱贫了,我们成功了!"蓝相谊和同事们相拥而泣。

"这一刻,我幻想了很久很久,没想到现在真的到来了,有点难以置信。"蓝相谊动情地说,"可想想这些年走过的山路,淋过的风雨,走访过的每一户贫困户,落实的每一个项目,又觉得这一切是水到渠成的事。今天,我们为叙永庆贺,为枧槽村、金榜村等每一个我们走过的村庄庆贺,为每一个成功脱贫的兄弟姐妹庆贺,为叙永翻开全新的一页庆贺!"

在场的同事都鼓掌欢呼,大家尽情地享受着胜利的喜悦。

很快,叙永脱贫的消息传开了。枧槽村、金榜村等村子的很多村民家中放起了鞭炮以示庆祝。

"我们不再是贫困户了。"

"我们脱贫了!"

村委会的广播也响了起来,《好日子》的歌声传遍了山村的各个角落。

刚才蓝相谊太高兴了,连手机响都没听到,等他稳定情绪回到办公桌继续工作的时候,才发现远在龙游的亲朋好友已经给他发来了多条祝贺信息。

"恭喜你,蓝同志,伟大的事业成功了!"这是他的妻子许美萍发的短信。

"叙永脱贫成功,可喜可贺;东西协作,再接再厉。"这是他的领导刘康发来的短信。

……

他刚打算回复,这时手机响了,是陈健打来的,蓝相谊赶紧接起。

"师兄,省政府下发的叙永脱贫的文件,你看到了吗?"陈健激动的声音从电话里传来,听得出他也很高兴。

"看到了!黑水也在其中,你们也成功了!今天真是个好日子啊!"叙永和黑水一起脱贫,蓝相谊真想和陈健一起庆祝。

"确实是好日子,永生难忘的日子。"陈健不无感怀,"黑水脱贫了,我们做到了。党的第一个百年奋斗目标,很快就会实现了。"

"是啊,我们终于在建党百年到来之前,完成了党交给我们的任务。"蓝相谊自豪地说。

"今天真是高兴,好久没这么高兴了。"陈健喜不自胜,"师兄,你的老窖备好,咱们很快就可以聚聚了。"

"没问题,看看哪天有空我去找你。我们再一起去打篮球,运动运动,切磋切磋。"蓝相谊也很想和陈健聚聚,但二人都工作繁忙,见面不易。

"我很久没打篮球了,到时候你可得手下留情啊!"读大学时,陈健和蓝相谊经常一起打篮球,工作之后,陈健就很少打篮球了。

"你现在就可以开始锻炼了,到时我们一较高下。"蓝相谊十分期待二人相聚时的切磋。

当晚,回到宿舍后,陈健在《扶贫日记》里写道:

今天对黑水而言,是个值得载入史册的日子;对我而言,是个值得铭记终生的日子。决胜脱贫,终于在今天取得了胜利。当胜利的消息传来,每个人都洋溢着喜悦,大家一起欢呼庆祝,这一刻是我参加扶贫工作以来最欢乐的时刻。

我是一名党员,是一名基层干部,这一刻,我抚摸党员徽章,内心油然而生一种满足感和自豪感。当然,退出贫困县不是终点,而是崭新的起点。我要继续努力工作,继续为黑水的明天奋斗拼搏,续写更辉煌的历史。

最后,我要经常提醒自己,加强锻炼,用更强健的体格迎接更多的挑战。

## 第五章 向东而行

罗高亮在一家衢州人开的餐馆做东请客，蓝相谊应邀赴宴。餐馆开在赤水河畔，蓝相谊推开包厢门，看到包厢里只有罗高亮和曾小柔两人。罗高亮正和曾小柔说着话，曾小柔则捂着嘴，笑得有几分娇羞，见蓝相谊推门进来，二人都坐直了身子。

"蓝主任。"罗高亮起身招呼，"你来了，欢迎欢迎。"

"不是说好约同乡一起聚吗？怎么就你一个人，其他人呢？"蓝相谊疑惑地问道。

"小柔也在啊，虽然她现在还不是我们同乡，但马上就是啦。"罗高亮笑嘻嘻地说着。

"好事将近？"蓝相谊勘破其中玄机，"提前给二位道喜啊！"

"蓝主任，您别误会，我们只是创业合作伙伴。我想去龙游创业，想听听您的建议，您支持吗？"曾小柔也站了起来，赶忙解释。

原来,那日罗高亮从曾小柔家酒醒离开后,便在叙永找了一家旅店住下,他有空就去找曾小柔,做她的思想工作,想请她去龙游和他一起办酒厂。经过这段时间的相处,曾小柔觉得罗高亮人品不错,也动了想和他一起创业的心思,但又下不了决心,于是这天便找来蓝相谊,想听听他的建议。

"支持啊,这是好事。"蓝相谊没有犹豫便肯定了曾小柔的想法。他用手示意二人坐下,他也坐了下来。

"您也不问我去做什么,能不能成功,就直接支持啊?"曾小柔没想到蓝相谊回答得这样干脆。

"哈哈……你们年轻人本就应该多出去闯闯呀。你有千里赴他乡创业的勇气,我不应该支持吗?"蓝相谊反问曾小柔。

曾小柔用力点头,蓝相谊的支持,更加坚定了她的选择,让她心里更有底气了。

饭桌上,大家相谈甚欢,蓝相谊得知二人是想去龙游酿酒,便给了他们不少创业方面的建议,还向曾小柔介绍龙游:"我们家乡绿水青山,跟叙永很像。因为实行了垃圾分类治理,所以环境更整洁,五水共治使河水更清澈,而且交通也更方便一些。"

"龙游真是个好地方。"曾小柔已经开始期待去龙游生活了。

"高亮,你要照顾好小柔,她一个女孩子跑到龙游去创业不容易。"蓝相谊叮嘱罗高亮。

"蓝主任,放心吧,我一定会照顾好小柔的。"罗高亮保证道。

"蓝主任,谢谢您,我会跟着罗高亮好好干的。我相信,我们一定会在龙游造出佳酿,名扬四方。"一番交谈之后,曾小柔信心满满。

可当曾小柔拉着罗高亮,把决定告诉父母时,却遭到了二老的强烈反对。

"你长那么大,连叙永都没出过,你一个人去浙江,没有亲人,没有朋友,你能适应吗?"曾父、曾母认为女儿的决定太过草率,他们很是放心不下。

"姑父、姑母在龙游打工,有事我可以找他们。就是因为我没出过叙永,所以我想趁着年轻多出去走走看看,才不负韶华。"曾小柔辩解道。

曾父、曾母知道女儿的脾气,她坚持想做的事情,他们劝说也是无用的,但心中还是不免担忧。

"你要是出去后悔了怎么办?"曾母边说边落泪。

"我不会后悔的。"曾小柔坚定地说。

"叔叔、阿姨,你们放心,我会照顾小柔的,我保证不会让她受委屈。"罗高亮连连保证,他喜欢曾小柔,曾父、曾母也都看在眼里。

曾父无奈,拍拍罗高亮的肩膀说道:"不要辜负小柔,也不要逞强,撑不下去给我打电话,我去接她回来。"可怜天下父母心。

"一定,请您放心。"罗高亮点头如捣蒜,诚恳地说道。

收拾完行李后,曾小柔毅然踏上了离家的路。罗高亮牵着她的手,二人一起坐上了去龙游的汽车。曾小柔望着车窗外故乡的山水渐渐远去,禁不住红了眼眶。

"还没走多远,你还可以反悔。"罗高亮嘴上说着,却紧紧抓住曾小柔的手。

"我决定的事,不会轻易更改。"曾小柔摇头,眼神坚定地握紧了罗高亮的手。

一路向东而行，看着窗外未曾见过的风景，曾小柔的情绪也从对家乡的不舍变成了对新环境的好奇。

车子行至浙江境内，田野周围出现了连片的独栋房子。看到平整的公路一侧是稻田，另一侧是洋楼，曾小柔很是好奇："你们都住别墅吗？"

"这哪是别墅，这就是普通的农家自建房。"罗高亮解释道。

"真好看，好气派。"曾小柔一眼便喜欢上了，"住在这样的房子里，一定很舒服，你家也这样吗？"

"那是当然。"罗高亮得意地回答，他家的房子说不上有多好，但绝不会差，毕竟是他前年刚修建的新房。

距离龙游越来越近了，罗高亮和曾小柔心中都充满了期待。


虽然黑水已经脱贫，但陈健的工作依然排得满满当当，几乎没有一刻停歇。除了高山蔬菜项目，他还要推进海宁投资的星级酒店建设项目，以及黑水农特产品销售公司设立的相关事宜。

这天，陈健正在办公室写文件，接到了县委组织部给他打来的电话。

"陈主任，这次的脱贫攻坚模范名单公示了，你入选了！你得准备准备去省里接受表彰。"县委组织部的王飞景激动地向陈健传递消息。

"我真是受之有愧啊，我做的都是分内之事。"得此殊荣是陈健不曾想到的，他觉得自己只是做了应该做的事。

"是谁来了黑水之后，一个月就跑遍黑水所有乡村？是谁把办公室当宿舍，经常在办公室睡觉？是谁给我们黑水拉来了十几个项目？……除了你，我想不到其他人。"王飞景并不认为自己在恭维，在他看来，陈健获评脱贫攻坚模范实至名归。

"感谢组织信任，给我莫大的荣誉。我要更加努力工作，不辜负黑水老百姓的期待。"陈健听了王飞景的话，内心既欣慰又感动。

表彰的日子到了，表彰大会在成都市锦江大礼堂举行，陈健为此去了趟成都。省委书记给脱贫攻坚模范们颁奖，和他们亲切握手。面对这份荣耀，陈健的心情无比激动。

表彰大会结束，拍大合照的时候，陈健站到后排边上，他身边站着一位又高又瘦的女士。

拍完照之后，二人聊起了天，当陈健得知对方叫任萍萍，来自叙永时，激动地说："我的师兄也在叙永，他叫蓝相谊。"

"蓝主任原来是你师兄啊，他前两天还去我们村里的养猪场了呢！"任萍萍也很意外，居然在这里遇到了蓝相谊的师弟。

"我听师兄说起过，他今年主搞养殖，养飞鸡、养猪，搞得有声有色。"虽然陈健和蓝相谊不常见面，但二人经常会打电话交流。

随后，二人又聊了很多扶贫工作的经历，相谈甚欢，彼此都获得了不少启发。

任萍萍回到叙永后，跟蓝相谊说起了在表彰大会上碰到陈健的事。

蓝相谊得知后马上打电话给陈健，向他表示祝贺："你来扶贫第二年，就有如此卓越的成绩，我要向你学习。"

"师兄,连你也这样说,我真是感到受之有愧啊!"陈健不好意思地说,"我做的事,你也在做,你比我更有经验,我要向你学习。"

"你现在是浙川合作的一条纽带,通过媒体的大力宣传,民众会更加信任你,谈项目也会更加容易,多方共赢多好啊!"蓝相谊提到了陈健之前不曾想到的一点。

陈健想到和任萍萍分别时,听任萍萍说起表彰大会结束后她还会在成都待一天,她要找相关部门谈谈,看看能不能借此机会给村里拉点项目。

"师兄,你说得有道理,给了我很大的启发。我要向任萍萍学习,化荣誉为力量,借此机会推进更多的项目落地。"陈健坦然道,他现在知道该如何接下这份沉甸甸的荣誉,不辜负这份信任。

当晚,陈健在《扶贫日记》里写道:

支援黑水二载,意外地在这片土地留下了自己的名字,受宠若惊。一时间,站在媒体的聚光灯之下,我内心无法坦然,不知道该怎么应对,也害怕工作出纰漏,日后只能更谨小慎微,埋头苦干。

今天和相谊师兄的通话让我受到很大启发,我可以用此份荣誉去为老百姓做更多事,只要是有助于黑水的,我都应该尝试去做。当然,前提是一定要做好调研工作。

不畏浮云遮望眼,只道前路仍漫漫;向阳花木易为春,花儿更比昨日红。

上次蓝相谊和任萍萍从林幺伯家出来之后,两人谈到了让叙永的孩子去浙江接受职业教育的计划。之后,蓝相谊便积极推进两地教育合作项目落地，经过一番努力，该项目终于要签约了。

这天，来自龙游教育系统的骨干来到了叙永，带队的是蓝相谊的夫人许美萍。许美萍是龙游职校的副校长，曾被评选为浙江省优秀教师。

一行人到达叙永之后，便忙着与当地政府及教育部门有关人员交流、开会，蓝相谊和任萍萍也参加了此次会议。

经过深入交流之后，合作意向很快达成。许美萍作为龙游方代表，任萍萍作为叙永方代表，当场进行了签约。

签字仪式结束后，许美萍笑意盈盈地对任萍萍说："任书记和我一样，名字里都有'萍'字，我们虽然萍水相逢，却感觉一见如故。"许美萍穿着白色高领毛衣和西装外套，一头利落的短发，让她看起来既亲切又干练。

任萍萍很欣赏许美萍，她笑着点头说道："我们两个'萍'都是搞教育的，属实有缘分。"

提到教育，两人像是打开了话匣子，越说越投缘。

看两人聊得如此愉快，蓝相谊并没有插嘴。自从许美萍带领团队来到叙永，他们二人还没有机会单独说话，所以大家并不知道他们是夫妻。

许美萍结束了行程之后，夫妻俩终于有了共处时间。许美萍挽着蓝相谊的胳膊，二人在叙永大街上走着。

"自你援川，我们都没一起旅行过，好怀念我们一家去敦煌、大理的日子。"许美萍感怀道。

"叙永你也是初次来，就当这是我们的二人旅行。"蓝相谊微笑着跟妻子说道,"等疫情过后,早樱上了大学,我们应该有机会去更多的地方旅行。"

"这条河就是赤水河,赤水河又被称为'美酒河'……"蓝相谊和妻子行走在赤水河畔,和妻子说起赤水河。

"我还知道四渡赤水,这也是一条'红河'。"许美萍也不甘示弱地接着说。

"看来不用我多介绍,你比我还了解。对了,有一处你一定感兴趣,那就是茶马古道。"蓝相谊想到叙永境内有一段建成于清代的茶马古道。

"说到茶马古道,我就会想到驼铃声和行色匆匆的商人,他们既纵情于繁华京都,又穿行在山间,他们脚踏的每一块青砖都是穿越千年而来,好有历史感啊!"果然,许美萍对茶马古道很感兴趣。

蓝相谊当即表示:"那我带你到茶马古道叙永段转转如何?"
"好呀,去呗。"许美萍很高兴。
就在此时,蓝相谊的电话响了,接完电话,他愁眉苦脸。
"养猪场出了点事,我得过去看看。"

"你看你,脑子里都是工作,就算休假了也不能放松。"许美萍嘴上抱怨,却也支持丈夫的工作,"那就去吧。"

对这几个养猪场,蓝相谊尤其挂心,每次和许美萍提到养猪场,他都有说不完的话。许美萍说他哪像一个驻村干部,活脱脱一个养猪场场长。

蓝相谊带着许美萍去了枧槽村的养猪场,处理完"猪场影响农户后院"的问题后,他带许美萍顺道参观了养猪场。看着一头头小白猪肥肥嫩嫩的，她的心里也乐开了花。

"个个都嘎嘎滴！"林幺伯说道。

"这是四川话，'嘎'就是'肉'的意思。"蓝相谊在旁解释。

"那减肥就是减嘎，吃肉就是吃嘎。"许美萍举一反三笑着说。

离开养猪场，蓝相谊牵着许美萍的手正往山下走着，忽听身后有个女人大喊："蓝主任、许副校长。"

蓝相谊和许美萍大吃一惊，转身一看，竟意外地看到了任萍萍。

"刚才没机会说，这是我夫人。"打完招呼后，蓝相谊向任萍萍介绍许美萍的另一重身份。

"明白明白，你们这是郎才女貌、夫妻恩爱、伉俪情深。"任萍萍连用三个形容词来形容面前这对璧人。

许美萍有些不好意思，和蓝相谊对视，笑脸盈盈。

"对了，你们来这干吗？"任萍萍问道。

"我带她看看养猪场，听听猪叫，看看猪跑。"蓝相谊开玩笑道。

许美萍也笑着附和，她又问任萍萍："任主任，今天不是周末吗？你怎么不在城里？"

"虽然我家在城里，但我一般只是周末回去一趟，周五晚上回去，周日下午回来。"任萍萍的丈夫也在脱贫攻坚一线，周末常常不回家，她儿子正读高中，平时住校，也是周末才回家，所以周日下午儿子一回学校，她便往村里赶。

"许副校长，你不知道，蓝主任和养猪有关的趣事可多了……"任萍萍笑着讲述蓝相谊在养猪场的一件件趣事。山间的小路上，飘荡着她们清脆的笑声。

## 第六章 青山立碑

崇山峻岭之下有块平原，平原上有条河流如玉带经过，河流两侧遍布滩涂，河道中间的小荷初露尖尖角。往深处，则遍布水稻田，其间长满了青青的禾苗。北面山脚下藏着一个小小的村落，村落里的房子大多是两层高的农民自建房。罗高亮的新家，位于靠近村口道路的第一排第三栋。

"到我家了，咱们进去吧。"罗高亮对曾小柔说，他看到曾小柔的眼睛亮闪闪的。

罗高亮家中早有准备，进门后，餐厅的大圆桌上已摆放了龙游本地的发糕、葱花馒头、苹果、香梨等食物，香气扑鼻。

"高亮回来了，小柔也来了啊。"罗高亮的奶奶见到曾小柔，拉过她的手，眯着眼睛细细看，"这孩子长得真是俊俏，皮肤白白的。"

"吃辣椒吃的，皮肤好，他们那的人长得都白。"罗高亮随口一说。

"你也吃辣椒,怎么黑得像炭一样呢?"奶奶瞪罗高亮一眼,很显然,奶奶已经胳膊肘往外拐了。

"小柔,快洗洗手过来吃饭。"罗高亮的妈妈杨小英从厨房里走出来,热情地笑着招呼曾小柔。很快,猪肚炒蘑菇、蒜蓉粉丝虾、红烧猪蹄等菜纷纷被端上桌。

"阿姨,您也坐下一块吃。"曾小柔客气道。

罗高亮的父亲在他二十岁的时候因病去世了,目前他家里只有妈妈和奶奶两位长辈。

曾小柔品尝了龙游的美食,连连点头:"发糕软糯香甜,馒头葱香味美,猪蹄香而不腻,太好吃了。"

美食本身对胃口,外加罗高亮的奶奶和母亲杨小英的热情招待,曾小柔吃了很多才停下筷子说:"我这两天吃的饭,都没今天这一顿吃得多。"她说着还打了个饱嗝,然后不好意思地捂嘴笑了。

饭后,罗高亮带曾小柔参观自家的房子。客厅做了陈列柜,隔着会客厅和餐厅,会客厅里放置的是真皮沙发、大电视。

罗高亮的奶奶住一楼,罗高亮和杨小英住二楼,共四个卧室,其中两间卧室还配有独立卫生间。曾小柔发现,每个房间都铺着木地板,家具都是崭新的,装修很是考究。

曾小柔心想,建这么一个大房子,一定要花很多钱。想想罗高亮和她年龄相仿就能赚这么多钱,而她长这么大才第一次出省城,心中不免有些失落,她暗暗下决心,一定要创业成功,给家里也建一个大房子。

参观完房子后，曾小柔问罗高亮："我睡哪个房间呢？"

"你睡我的房间吧，有独立卫生间，比较方便。我睡客房。"罗高亮体贴地表示。

在异乡的第一晚，也许是旅途劳累的关系，曾小柔没有任何水土不服，躺在床上很快就沉沉地睡着了。

第二天一早，吃完早饭，曾小柔准备去看看罗高亮家的酿酒作坊，她想尽快开始工作了。

曾小柔拉着罗高亮说："对啦，我还没看过你们家酿酒的作坊呢，带我去看看啊！"

罗高亮支支吾吾地说："我家的作坊……就是在我家啊！"原来，他之前只和曾小柔说自家也有酿酒作坊，却没有说作坊的规模大小。曾小柔还以为他家的酿酒作坊很大，所以同意来龙游和他一起创业，没想到酿酒作坊竟是在他家中。

曾小柔感觉被骗了，声音不禁大了起来："什么？你说你们家有酒坊的，你骗我？"

"我们街坊邻里自酿的酒，确实都是在家中酿的，一次酿几百斤是不成问题的。"罗高亮连连解释，"我们每年都要酿一次。"

"一年就一次？那你叫我来干什么呢？"曾小柔气急败坏，"说好的办酒厂，说好的把我酿的酒卖到五湖四海去，现在连酿酒的地方都没有要怎么酿酒？"

"你别生气，听我跟你解释。我们龙游这边都是在自己家酿酒的，是请酿酒师傅来家里酿的……"罗高亮赶紧解释。

正在气头上的曾小柔听不进罗高亮的解释，她现在只想一个人静静，想想未来该何去何从。

"我想一个人出去走走。"曾小柔对罗高亮说完，便一个人准备出门。

可是她刚打开大门，就看到七八个邻里乡亲也刚好走到罗高亮家门口，老的少的、男的女的都有。

"你就是罗高亮的女朋友吧？听说你是泸州来的，泸州的酒名气可大了。听高亮说你是酿酒高手，我们家今年做烧酒就请你了，你哪天有空来我们家，帮我们酿个酒啊！"走在最前面的头发略白的大妈说。

"小姑娘年纪不大，本事却很大呀！有没有现成的酒给我们尝尝味道啊？"一位满脸胡子的大叔说道。

"叫啥小姑娘，不会说话别乱叫。"另一位大肚腩的大叔站出来说，"要叫师傅，人家姓曾，是曾师傅。我觉得她年纪小，我们就叫她小曾师傅吧。"

"对，要叫小曾师傅。"众人附议。

看着大家七嘴八舌，你一言我一语，曾小柔感受到了无比的热情，她刚刚感觉被欺骗的失落情绪也荡然无存了。

"谢谢各位大哥大姐、爷爷奶奶的捧场，小柔受宠若惊。等我酿好了酒，请你们都来尝尝，觉得好喝的话，我就每家每户给你们上门酿酒去。"曾小柔答应了下来。她下定了决心，既然没有酿酒作坊，那她的事业就从"打游击战"开始吧。她不愿放弃自己的梦想，也不想辜负大家对她的珍贵感情。

在院内的罗高亮看到了一切，也听到了乡亲们和曾小柔的话，终于放心地笑了。

时间飞逝，转眼到了六月，蓝相谊支援叙永的工作告一段落。虽然蓝相谊离开，但东西协作却不会因他的离开而中断，龙游与叙永合作的新项目也会陆续开建。投资过亿的罗汉林旅游扶贫特色小镇、年产千万袋的黑皮鸡枞菌产业扶贫基地等几个重点扶贫项目会加快落地，到时不但可让当地村民留乡赚钱，为乡村振兴注入强劲活力，还将为泸州奋力争创全省经济副中心提供有力支援。

龙游新派出的援川干部，是比蓝相谊年轻五岁的叶振波。叶振波正式接过蓝相谊的接力棒，全力负责新项目的推进工作。

吴宗林本来也计划和蓝相谊一起回龙游的，可他心有牵挂，因为他试点的苦竹改良还没成功，所以他便又向组织申请延期半年，打算继续留在叙永工作："我也快到退休年龄了，对叙永还有点用，就留在这发光发热吧。"

和一座待了三年的小县城告别，见证了这片乡土的蜕变，蓝相谊感慨万千。临走前，他再次走了一趟茶马古道，在赤水河畔漫步，吃了一碗叙永的面食，看了看泸州老窖的窖池群。

一想到很长时间都不会再来这座川南小县城了，蓝相谊的内心满是愁绪。

"蓝主任，你可得常来叙永。"为他送别的叙永当地干部、村民也不舍得他离开，有村民执意要把家里做的腊肉、酱鸭等特产送给他。

蓝相谊坚决不肯收，可他不收下村民们就拉着他不让他走，看着村民们真诚的目光，他只好收下他们的心意。

蓝相谊回顾了叙永发生的翻天覆地的变化,感慨万千:"脱贫后的叙永,就像是一个饱经风霜、步履蹒跚的人在克服艰难险阻后,终于打碎束缚他的枷锁,走上了康庄大道。从今往后,赤水河畔的叙永会越来越好,茶马古道上的驼铃声会响彻云霄。"

蓝相谊恋恋不舍地踏上了回家的路。他是坐高铁回家的,许美萍让他坐飞机,说这样能快点到家,但是他说:"祖国东西向的高铁线路是美丽的风景线,过山川、穿长江,水稻田、油菜花田,一路应接不暇,坐飞机就少很多乐趣了。"许美萍无奈,只得依他。

高铁到达怀化站停车的时候,蓝相谊接到了一个电话,是任萍萍打给他的:"蓝主任,陈健出事了!"

"你说什么?"蓝相谊难以置信,再一次同任萍萍确认,"陈健怎么了?"

"陈健突发疾病……牺牲在了岗位上。"任萍萍深吸一口气,哽咽着说。

这个消息犹如晴天霹雳,蓝相谊怎么也不敢相信,一时无法言语,过了一会儿,他才张口问:"什么时候的事?"

"他昨晚一直忙到深夜才回到宿舍,今天早上大家发现他没上班,到他的宿舍一看,才发现他出事了……紧急送去了医院,医生说他是长期过度劳累……"任萍萍一边哽咽一边讲述了她所了解的情况。

"我马上去一趟黑水。"蓝相谊当即挂了电话,拿上行李,在车门关闭的前一秒,匆匆下了高铁。

出火车站后,蓝相谊立即买了去成都的机票,随后在成都转机去阿坝，折腾了一天一夜，他终于到了目的地。

和他一起到达的还有另外一行人，说话带着明显的浙江口音。走在最前面，被一群人扶着的是位戴眼镜的女士，多年未见，蓝相谊还是一眼便认出了她。她就是陈健的夫人赵小蕾，也是他的学妹，而今已成了故人的遗孀。

赵小蕾被人扶着，泪水挂在脸上，蓝相谊上前轻声同她打招呼："小蕾，保重身体，要坚强。"

"师兄，陈健他……他怎么能抛下我和凯乐……我不信……"赵小蕾泣不成声，嗓音嘶哑。

蓝相谊沉默无言，他又何尝能接受这个事实呢？此刻，他压抑了许久的情绪再也绷不住，眼泪涌了出来。

一行人到达殡仪馆，大堂门口已围满吊唁的人，得知陈健的夫人到来，大家都主动避让，默默用目光相送。

陈健的棺椁摆放在大堂中央，白色的鲜花环绕在他的周围。赵小蕾扶着棺椁，整个人瘫坐在地上。

"我让你好好休息，让你不要每天睡那么晚，你为什么就不能好好听我的话……"赵小蕾泣不成声，握着陈健已经冰凉的手，用力抚摸着，似在盼着这手能渐渐有温度，"你怎么能抛下我们不管？为什么要离开我们？……"

"陈书记把他的生命献给了黑水，献给了他工作过的地方，献给了他关心帮助过的群众，献给了他热爱的扶贫事业。"黑水当地与陈健共事的同事悲伤地说道。

"我每次叫他去我家吃饭，他总说下次，哪知再也没有下次了……"一位村支书也掩面而泣。

"陈书记，你知不知道我们的高山蔬菜马上要发往香港了，香港居民可以吃到黑水的高山蔬菜，这是多好的事啊！"俄木向他汇报高山蔬菜最新的情况，可陈健却再也听不到了。

赵小蕾一边看着自己的丈夫一边低声哭泣着，似乎谁的话她都听不进去。

蓝相谊走上前看着陈健，他面容安详，嘴角带着一丝笑意，整个人像是睡着了般。

蓝相谊向陈健鞠躬，哀切地说道："我们约好回龙游一起喝泸州老窖的，可你却留在了黑水，再也不能和我坐在一起喝酒了……我们已经取得了胜利，可你却在胜利之后倒下了……"这个事实让蓝相谊难以接受。

众人沉浸在悲痛之中，陈健的遗体在黑水当地火化，之后送回海宁。来时是意气风发的中年干部，回时却是一抔黄土，不见音容。

黑水的山雄壮巍峨，山峰直插云霄，有雄鹰在此翱翔。虽未葬身此处，可陈健却已将自己播撒在山间的每一处，而高原的每一座山，都在为他立碑。

赵小蕾手捧骨灰盒从殡仪馆走出，黑水百姓争相送别。

"陈健，一路走好，黑水人民永远感谢你。"人群中有人举起了横幅，大家纷纷呼喊陈健的名字。

"陈叔叔，你不要走，我们想你！"人群中传来孩子的呼喊声。天灰蒙蒙的，不知何时飘落下丝丝细雨，落在了孩子们稚嫩的脸上。

陈健的骨灰被送回了海宁,来迎接他的有年迈的父母和读初中的独子。

陈健的母亲头发已经灰白,她抱着儿子的骨灰盒,仰天大哭,嘴里说着:"我的儿呀……"只此一句,再难言语。

陈健的父亲看着哭成泪人的妻子和哭干眼泪的儿媳,如鲠在喉,一言不发。

陈健的儿子哭着喊道:"爸爸,爸爸……"

蓝相谊不知该如何安慰这心碎的一家人,就让时间慢慢抚平他们的伤痛吧。

陈健的追思会在海宁市殡仪馆举行,海宁和黑水两地百余名群众到了现场,上到省委常委下到素昧平生的普通百姓,都通过各种方式送来了花圈、鲜花。

"万里援川 虽劬瘁无辞 黑水名留昭令德;半生为政 叹英年遽逝 紫微魂返仰高风。"白底黑字的挽联,无声却有力,庄严而肃穆。

海宁市委书记在追悼会上说道:"今天,我们怀着无比沉痛的心情,深切悼念我市优秀共产党员、党的好干部、人民的好公仆陈健同志。领导和同事们再也看不到他奔波忙碌的身影,再也听不到他铿锵坚定的嗓音;家人们再也触碰不到他坚实可靠的肩膀,再也依偎不到他宽厚温暖的怀抱;朋友们再也看不到他洋溢笑容的脸庞,再也听不到他热心关切的问候……但是,陈健同志的光辉形象和崇高精神将永远留在我们心中……"

陈健的亲属、好友、同事以及从四川黑水专程赶来的干部群众等深情追忆、集体缅怀他。

一些从黑水来海宁的务工人员也特地赶来参加追思会，他们虽然不认识陈健，但他们都知道，正是通过陈健的牵线搭桥，他们才得以走出大山。

追思会现场，蓝相谊大声朗读了陈健的《扶贫日记》，这是陈健的《扶贫日记》第一次公布于众，大家仿佛都看到了陈健还在他们面前。

蓝相谊读完，在场的所有人都想为陈健鼓掌，可却都静默无声。陈健的激励精神，掩盖不了他们此刻的悲伤，却在他们的心中默默播撒了强大的力量。

蓝相谊说道："他是冲锋陷阵的战士，从不言退不言苦。他常跟我说，雄关漫道真如铁，而今迈步从头越。他不知疲倦地奔跑，把抢来的时间多做事，他造福了一方百姓。"

陈健离开了，可他的精神没有离开。浙江和四川各地掀起了向陈健学习的热潮。陈健的离开，也让蓝相谊更多地思考当下。

回到龙游后，蓝相谊将有新的委任。许美萍和他异地三年，当然希望他回龙游后能多有时间照顾家庭，而他本可以调到县委做办公室主任的，可他拒绝了这一任命，坚决要下乡去。

他选择去龙游最南面的乡村，他的家乡——同尘畲族乡。此地距离龙游县城近三十公里，毗邻丽水市，无工业基础。

"你已经四十五岁了，留在县委工作，再过几年，很有可能升任局长、副县长。"有同事如此告诉他。

"我们早樱现在处于高中冲刺阶段，你不要再去那么远的地方工作了。"许美萍也极不乐意，她希望蓝相谊能在县城工作。

"那不妨把这个选择交给早樱，看看她会不会支持我。"女儿懂事，从来不让他操心，也不黏着他，所以他把选择权交给女儿。

"爸爸，这次我也不支持你。"没想到，蓝早樱这一次却持了反对意见，"我不希望你和妈妈太辛苦了，你就留在我和妈妈身边吧。等我读大学了，一家人聚在一起的时间就更少了。"

"爸爸有空时会常回来的，同尘乡离龙游县城也不远。现在就让爸爸再拼一拼，再做些想做的事。等你读了大学，读了研究生，再过段时间，爸爸就退休了，到时候会有很多时间陪你的。"蓝相谊劝说女儿。

蓝相谊看起来很随和，但一旦坚定了内心的想法，很难再改变。许美萍也知他这次下定了决心，没办法，母女二人只能遂了他的愿，让他下乡去。

## 第七章 往山上走

蓝相谊被任命为同尘畲族乡乡长。到任之初,蓝相谊骑着自行车,绕着十里八乡转了一大圈。同尘乡风景优美,多为山地丘陵,有龙游县海拔最高的湖——绿春湖,有著名的南仙霞岭余脉,层峦叠嶂,茂林修竹,成片相接,蔚为大观;灵山江如一条玉带,将远山和田野连接在一起;高山上有个大型水库,可以称得上是"高峡出平湖"的小三峡。

蓝相谊每走到一处,小到电线杆上的狗皮广告、农户家花坛里的垃圾,大到道路的坑洼、建筑的安全隐患,他都一一记下。

同尘下辖九个村,每个村都独具特色。庙贤村位于绿春湖旁,又扼衢宁铁路要冲,竹资源丰富;康坪村位于大型水库旁,水草肥美,是种植瓜果的宝地;双灵村和护国村隔着灵山江相望,有良田千顷,夏天时有十里荷花,富有诗情画意;溪美村是畲族聚居的村落，有独特的民俗风情；梧桐村和金源村有金矿、采石场，矿产资源丰富；江左村有大雄宝殿，人才辈出，人杰地灵；沐尘村为乡政府所在地，有条民国时期留下的老街，是乡里的行政中心。

蓝相谊转着转着，就转到了自己家中。他出任同尘畲族乡乡长的事情并没有告诉父母，他有自己的考虑。他本想晚点再回家看望父母，但转到了家门口，看到了在菜园里忙碌的母亲和父亲，便出声喊道："妈！爸！"

"相谊，你怎么回来了，也不提前告诉一声？吃饭了没有？"正在掰玉米的蓝母和蓝父闻言抬头，见了儿子，感到有些意外。

"回来办事，抽空回家一趟。"蓝相谊仍瞒着父母，"我饿了，家里有吃的吗？"

"有，有。"蓝母从橱柜里拿出中午刚吃剩下的土豆烧肉，饭锅里的饭还是温热的。蓝相谊拿了碗盛好饭，他吃了口饭，又夹了块土豆，还是熟悉的味道。

"相谊啊，为什么不带美萍和樱子一起回家？我好长时间没见到她们了。"蓝母抱怨蓝相谊不带妻女回家。

"早樱高中课程紧张，美萍工作也忙，等有时间我再带她们来看你们。"蓝相谊反问，"而且你们前不久不是还送了土豆去城里吗？"

"那都多久的事了。现在玉米也成熟了，你带些回去。"蓝父说道。

"别，太麻烦了。"蓝相谊赶紧拒绝。他埋头吃饭，时不时与父母唠些家常，还嘱咐他们注意身体。

吃完饭，趁着父母去准备蔬菜瓜果，他起身说了句"妈、爸，我先走了！"就推着自行车离开。

正在装四季豆和玉米的蓝父和蓝母闻言出门想追蓝相谊，却发现儿子已经一溜烟没影了。

"唉！这孩子真是的，也不多待会儿。"蓝母碎碎念道，她实在是不解蓝相谊的做法。

蓝相谊之所以快速走了，是因为他觉得父母太过热情了。如果他不偷偷离开，父母又会给他装一大袋蔬菜瓜果。他也理解这是父母爱他的表达方式，但他觉得这是"甜蜜的负担"。

最让他无奈的是，父母经常给他打电话，让他给哪个亲戚家的孩子安排工作、介绍对象，这实在让他头疼不已。所以，他暂时还不想告诉父母他出任同尘畲族乡乡长的事情。可他也自知，他回到了同尘，这些琐碎的事情，他是无论如何也避免不了的。

历时数月，曾小柔在罗高亮家酿制的酒总算是出炉了，罗高亮喝了之后，一个劲夸赞："小曾师傅，了不得啊，不愧是泸州祖传的酿酒技艺，这酒真好喝。"

可曾小柔尝了味道后，摇摇头，总觉得差了点什么。

"这酒没问题啊，没有苦味，是甘甜的。"罗高亮肯定地说。

"不是味道有问题，是味道差了点意思。就像家门口的月季一样，虽然也好看，但谈不上惊艳。"曾小柔打了个比方。

罗高亮本打算邀请乡里乡亲一起尝尝，可听到曾小柔如此评价自酿的酒，只能作罢。

曾小柔提醒他："有做得不好的地方就得找出原因，不能就这样把酒送出去。"

眼见罗高亮家烟囱冒着烟,灶台烧着火,都快把锃亮的墙面瓷砖给烤裂了,可搞了几个月,酒是一滴也没喝着,村里的人便议论纷纷起来:"这罗家小子的女朋友到底能不能酿酒?泸州的技法真的比我们龙游土烧的好吗?"

实在等不及的人家已另请高明,请了别的师傅帮忙酿酒。

罗高亮不无担忧:"等我们找到原因,能酿出一缸好酒的时候,怕是生意都被人抢光了。"

"你着什么急呢!心急吃不了热豆腐。试玉要烧三日满,辨材须待七年期。你没看一瓶茅台酒要三至五年才能出厂吗?"曾小柔倒是信心满满。

"我听过一种说法,说茅台酒离开茅台镇去别的地方,用同样的工艺去酿造,却酿不出原本的酱香味道。"说到茅台酒,罗高亮灵光一闪,找到了问题所在,"橘生淮南则为橘,生于淮北则为枳。会不会是我们这边的地理环境不适宜?"

闻言,曾小柔思考片刻,圆碌碌的眼珠子转了转,随即拉着罗高亮就往山上走。

"你上山去干什么?"

"去找水。"曾小柔来不及多解释,只简单地回了句话。

二人沿着山路往上走,山道狭窄,二人走得极是吃力,忽听一声:"快让开!"

气喘吁吁的二人抬头定睛一看,竟是一辆自行车俯冲而来。

"救命!"曾小柔大呼救命,罗高亮赶紧挡在她面前,一时间二人竟忘记了闪躲。就在二人准备迎接这强力冲击的时候，只听到剧烈的撞击声，过了一会儿，二人全无痛感，这才回过头来。

原来是自行车车主遭了难。只见车翻在了前方一米远的地方，戴着头盔的车手仰面摔在了山坡上。

"你怎么样？没事吧？"曾小柔和罗高亮赶紧去搀扶对方。

"哎哟，哎哟！"车手叫苦不迭，显然身上有伤。

曾小柔打量着眼前的年轻小伙，他头戴安全帽，小麦色的皮肤，戴着黑色墨镜，穿着专业的骑行服。

曾小柔性格爽快，不拘小节，她一把摘下车手的墨镜，对他说："真是的，到山上来骑车，不怕摔跟头吗？"

"我……我是专业的，要不是你们忽然出现，我也不会摔倒。"车手解释。

罗高亮对车手说道："我们带你下山，去医院看看吧。"

"不用去医院，没什么大事。"车手活动了一下身体，摆摆手，又问，"你家有纱布和医用酒精吗？"

"有。"罗高亮回应道。

"我今天没戴手套，手被蹭破了，想包扎一下。"

三人又转回罗高亮家中。曾小柔和罗高亮用酒精帮对方把手上的伤口消了毒，用纱布缠好，这才坐下来和对方谈话。

他们了解到对方名叫陈宇彬，是专业的山地自行车车手，他听闻同尘乡是森林氧吧，山路崎岖，特来试试身手。

"来，喝酒。"曾小柔端出了酒，给陈宇彬喝。

"不，不，我不能喝！"陈宇彬推辞，笑嘻嘻地说道，"我喝酒就是酒驾了!"

二人留陈宇彬吃午饭,饭桌上大家天南地北聊着,很是投缘。陈宇彬离开时,三个人互留了联系方式,算是交了个朋友。

第二日,曾小柔和罗高亮又继续上山寻找泉眼,终于找到了一泓清泉。泉水从黑黝黝的巨石间涌出,水清得可以倒映出人的样貌。曾小柔弯腰,掬起一捧泉水喝起来,喝完她面露笑容,不由得夸赞:"好凉的水,好甜。"

"这泉水我从小喝到大。"罗高亮颇感自豪。

"这么好的水,为什么你家现在喝不到呢?"曾小柔疑惑地问。

"之前修高速公路,泉眼时常断流,三天两头停水,时间久了,大家都有意见。恰好那时同尘水库建好了,大家都喝上了水库的水,也就不再喝这山泉水了。"

"泉水第一,河水次之,井水再次。"曾小柔脑中有个笃定的想法,"我要用这山泉水酿酒。"

"那我们得先修水道啊,你想把这泉水接到家中,没个万把块钱下不来。"罗高亮直摇头,"买了酿酒的器具后,我们的钱已经所剩不多了,接山泉水这件事是非必要的,能缓则缓吧,现在用的自来水又不差。"

"这关乎酒的品质,是必要的。"曾小柔坚持自己的观点,"这山泉水的水质这么好,我们不能浪费这得天独厚的资源,不然我们的酒就毫无特色了。"

"行吧,都依你。"罗高亮觉得她说得也有道理,便同意了。

二人站在山顶远眺，曾小柔感慨道："没想到，我从中国的一座山头来到了另一座山头，只不过一座山在四川，一座山在浙江。"

突然，曾小柔用手指着山间转头对罗高亮说道："看，那里还有房子呢。"只见几座白墙青瓦的房子坐落在山间，像是落在大自然棋盘格上的几粒棋子。

"没有人住的，都是老房子啦！"罗高亮指着其中一座房子跟曾小柔说，"那是我家的老房子。"

"带我去看看。"曾小柔很感兴趣。

罗高亮便带着曾小柔过去。罗高亮家的老房子连门锁都没有，一推就能进去。房子里面已经被搬空了，什么都没有。

曾小柔进门，冷不丁打了个寒战。罗高亮担心地问："怎么了？是不是觉得有点阴森森的？"

"明明很清凉舒爽啊！"阳光穿透了老房子的窗户，阳光下可见粒粒灰尘飘浮在空中，房子南北通透，并不阴湿，曾小柔有种回到自己四川老家的感觉。

罗高亮家老房子的后院，还有两个用水泥砌起来的池子。竹子被剖开两瓣，一片片交叠着，从山上引泉水到池中。后山的石头上、水池中、竹剖面上遍布青苔，油绿油绿的。

曾小柔惊叹道："你家从山上接来的水，居然没有干呀！"

"奇怪，前几年明明干了，怎么现在又有了？不过这个水流有点小。"

"太好了，天助我也！就在你家老房子这里酿酒吧，你的房间可以用来做窖藏室。"曾小柔喜出望外，老房子带给她太多惊喜，帮她解了燃眉之急。

"山路难走,你要把粮食运上来,把酒送下去,都是要人背肩扛的。"罗高亮觉得曾小柔的想法不切实际,"何况就我们两个人住在山里,跟武林高手闭关一样,这怎么做生意呀?这里没有网络,连上厕所都是……茅坑。"罗高亮继续摆出事实:"大家都搬到山下去了,这里已经废弃了,不适合人居住了。"

曾小柔仍坚持她的观点:"人家往山下走,那是人家的事;我们往山上去,那是我们的事。有句话说,人往高处走,水往低处流,我们往山上去,又有何不可呢?"

通过这段时间的相处,罗高亮已经摸清了曾小柔的脾气性格,虽然她看似弱小,实则很有主见,她认定的事情,其他人很难改变。罗高亮无奈,只能依曾小柔的安排。

二人说干就干,下山之后,便收拾东西,准备往山上搬。

杨小英和奶奶知道后都急了,奶奶劝道:"我们老农民都在山下住惯了,你们还要回山上去,这是怎么想的呀,多不方便呀!"

"奶奶,我们住在山上,是为了酿出更好的酒。"罗高亮安慰奶奶,"山上山下就隔着两公里,走一段路,就可以开车了,没什么好担忧的。"

"我是担心小柔啊,一个姑娘家,放着大房子不住,要去受这种罪。"杨小英也劝说,"你以后怎么跟小柔的父母交代呀!可别说我们欺负人家闺女。"

"妈,你想多啦。"罗高亮笑着说道,"谁敢欺负她呀,她不欺负别人就不错了,她的脾气,我最清楚不过啦。"

曾小柔向罗高亮递了个眼色,罗高亮立马乖乖闭嘴。

接下来几天,罗高亮和曾小柔都在闷头收拾老房子,二人安装好床和柜子,重新通了电并开通了有线电视,也算勉强能住人。

房子收拾得差不多,二人正准备松口气的时候,门吱呀一声开了,二人不约而同望过去,只见一位穿着白衣、又高又瘦、古稀之龄的男人站在门口。

曾小柔不由得吓了一跳。

"是他呀,我认识,是老村支书的弟弟,村里人都叫他'老长头'。"罗高亮赶紧低声向曾小柔介绍。然后他走到门口说道:"老长头,你怎么来了?"

"高亮啊,你怎么住回老房子来了?这里不能住啊,你们都搬迁出去了,这房子已经不属于你们家了。"

看他来者不善,罗高亮也不再客气:"这房子是我奶奶的,怎么就不属于我们家了?"

听罗高亮这么说,老长头又换了个角度说:"不知道你看没看见,你隔壁邻居的房子都被标注为危房了,你每天都从他家门口过,不危险吗?"

"我们都绕着过的,不碍事。我们是要在这里酿酒。"罗高亮有点不耐烦地说道。

见劝说无效,老长头又说道:"你们还是搬回山下去,不能在这里酿酒,否则我要报到乡里去。"

"你去报吧,这是我的房子。别说报乡里,就算报县里、报省里，都随你。"罗高亮生气地说。

"你小子不听好人言，可别不知悔改啊。"老长头见罗高亮不听劝，生气地说道。

老长头走后，曾小柔问罗高亮："他为什么不让咱们用自己的房子啊？"

罗高亮一边往后院走一边说："谁知道呢。以前住山上的时候，谁搬家都得请他喝酒，他这次可能也想捞点好处。"

"这样啊，那咱们送点酒给他吧！"曾小柔不想把事情闹大。

"这都什么年代了，他还来这套，没事，咱光明正大，合理合规，不用理他。"罗高亮根本不在意这件事。

没想到，几天之后，有人直接在罗高亮家老房子门前五十米处的墙上贴了"小心，前方五十米有危房"的警示牌。

"哪个客户还敢来啊？我去找村支书说说理去。"问题还是要解决的，罗高亮决定去找村支书。

罗高亮带着曾小柔来到村里一座带院子的房子面前。大门敞开着，罗高亮和曾小柔走进院中。"一鸣哥，你也在家呀！"罗高亮冲着身穿灰色运动服、正在浇花的男人打招呼。

"是高亮呀，好久不见。这是你的女朋友吧，初次见面，你好。"钟一鸣看了过来，跟曾小柔打招呼。

"一鸣哥，你好。"曾小柔也礼貌问好。

"进来坐坐。"钟一鸣招呼罗高亮和曾小柔进屋坐下聊。进门之后，钟一鸣还准备泡茶，罗高亮连连推辞。

"我们来，是想跟老村支书说件事。"罗高亮说道，"我们现在在创业酿酒,想把我家山上的老房子改造成为窖藏室和酿酒工坊,结果有人非得说那里靠近危房,不让我们在那里酿酒……"

"还有这种说法?"钟一鸣很诧异,可他也有些无奈,"这个事你跟我爹说也没有用,你去叙永的那段时间,他中风了,半边瘫了,现在还在床上躺着呢!"

"这……我不知道这个事。"罗高亮有些尴尬,也有些懊恼,这事看来找错人了,"那我们就不打扰了,祝老书记早日康复。这事我们自己想办法解决。"

"等等!"钟一鸣叫住了他们,给出他的看法,"我没记错的话,你家隔壁的危房是阿权家的吧。危房确实是应该提醒大家不要靠近的。"钟一鸣继续给他指点迷津:"你年纪轻轻的,跑山里酿酒也不容易,看来是有雄心的,我建议你不要搞成小作坊,去注册公司,注册品牌,这个前期工作还是要做的,而且现在办手续很方便,县里就能办,不麻烦。阿权家的危房确实是个隐患,你还是尽早联系阿权解决,该拆的拆,该修的修。"钟一鸣是生意人,思考问题比较长远。

钟一鸣的话点醒了罗高亮:"我回去就和阿权说下这个事。谢谢一鸣哥出的主意,真是一语惊醒梦中人。"罗高亮打算租下阿权家的危房,重新修整,如此不仅可以摆脱老长头的纠缠,还能扩大酿酒工坊的规模。

"等我们酿出高品质的酒,再来请一鸣哥喝一杯。"曾小柔笑着向钟一鸣道谢。

"这个村支书的儿子蛮厉害的,说起话来头头是道。"二人告辞后，曾小柔向罗高亮打探起钟一鸣。

"他在杭州做生意，发财后回村里盖了这栋房子，他也经常回来住。"罗高亮不无羡慕地说道，"我读小学的时候，他就出去做生意了，年纪轻轻就当老板了。"

曾小柔回想钟一鸣的形象，皮肤偏黑，人偏瘦小，眼角有皱纹，一双眼睛却亮晶晶的，看起来很精明。

罗高亮继续说道："之前他让我跟他去杭州做生意，那时我奶奶生病了，我就没去。不过现在遇到问题，倒是可以多请教他。"

回到家后，罗高亮便给自己的老邻居阿权打电话。阿权是个四十来岁的单身汉，之前一直在家待着，不务正业，拿着低保，是有名的懒汉，近几年反倒出门打工了。

罗高亮和阿权说，他想租对方家的危房，并把危房重新修整。阿权听到有人免费给自己修房子，还给自己钱，这么好的事，他自然乐呵呵地接受。

这又是一笔不小的开支，罗高亮看着自己银行卡的余额已所剩不多，暗下决心，接下来每分钱都要精打细算。

白天在老房子忙碌，傍晚时分，二人回到山下的家中，开始着手工商注册的事情。

"你说，我们的酒叫什么好呢？"曾小柔问。

"乘龙快叙？"罗高亮提议。

"作为商标，不够大气。"

"三生？三生万物。"

"被人注册了……"

罗高亮和曾小柔开始讨论为酒取名了,曾小柔内心既充满期待,又满是愁绪。期待的是,她的酒即将有个名字,仿佛在期待自己的孩子降生;愁的是,她绞尽脑汁,翻遍词典,也一直没有想到中意的名字。

同尘乡新来了一位党委书记,是从杭州市钱塘区过来的,听说是一位生物学博士。

蓝相谊怀着无比期待的心情,迎接他的工作搭档到来。

"乡长,有个老奶奶骑着三轮车,载了一车蔬菜,说是你母亲。我看了看,她送来了一筐地瓜、两个大冬瓜,还有很多南瓜,让你带人去取呢!"

"什么?"蓝相谊此时站在乡政府门前,西装革履,听闻老母亲驾到,他赶紧看了一眼表,新书记马上就到了。

就在他踟蹰间,他看到新书记的公务车和老母亲的三轮车一起出现在他面前。

"程书记,你好,欢迎欢迎。"蓝相谊迎了上去。

"蓝乡长,初次见面,幸会幸会。"程晨礼貌地伸出手。二人的手紧紧地握在一起,同时互相打量着对方。

蓝相谊看到程晨,脑海里冒出"一表人才"四个字。程晨身材高大,浓眉大眼,有一头乌黑茂密的头发,还是一位高学历人才,真让人羡慕。

程晨看蓝相谊,则觉得这位乡长斯文儒雅,笑起来给人如沐春风之感。

蓝相谊的母亲站在一旁,静静地看着儿子和人会面。蓝相谊和程晨打完招呼后,和程晨说了一句"不好意思",便急忙走到母亲面前,低声说道:"妈,菜我就收下了,你没什么事就先回家吧。"

蓝母闻言,对儿子点点头,露出高兴的笑容。"我不耽误你做事,你好好工作。"蓝母说完,和蓝相谊匆匆告别。前段时间,她从同乡人口中才得知儿子回乡当乡长了,她打电话埋怨儿子不告诉她,但还是不忘给儿子送来蔬菜。

"我母亲没跟我打招呼就送来了她种的菜,一会儿我让食堂处理,咱们尝尝鲜,你们城里人肯定爱吃。"蓝相谊跟程晨解释了一番。

"我现在就是同尘乡人,哪里是城里人,蓝乡长,你可别跟我见外。"程晨刻意强调自己现在是同尘乡人,他想尽快与同尘乡融在一起。他继续说道:"没想到蓝乡长是本地人呀!听说你参与过东西协作,而我是山海协作过来的,我们也是有缘分!"

"是啊,同尘乡像一座桥,连接了你我,融合了两项伟大的工程。"蓝相谊也很感慨。

"同尘乡最近几年变化很大呀,我看马路边的房子很有特色,古韵十足,很漂亮。"前几年,同尘乡政府为了吸引游客,斥资将沐尘村国道两侧的建筑统一修成水墨风,每栋房子都有飞檐翘角。

"程主任,你之前就来过同尘乡?"蓝相谊很是好奇。

"同尘乡之前有所小学,是叫同尘乡中心小学吧?十二年前,我读大学的时候,暑期实践,我们浙大的一行人就跑来同尘乡支教,认识了不少小朋友。我当时住学生宿舍，都是木板大通铺，晚上蚊子多，咬得难受得不得了。"程晨回忆起往事，"我对这里的印象太深刻了，在龙游县挂职，我第一时间就想到了来同尘乡。"他是抱着建设好同尘乡的心态来到这里的。

"同尘乡以前各种设施都不健全，但最近几年慢慢好起来了，产业、基建、教育、文化等各个领域都有了长足进步。"蓝相谊提到了家乡的变化，又望向程晨，对他真挚地说道，"程书记，今日初相识，却似故人归。你来到故地，我回到故乡，我们都对同尘乡有不一样的感情呀！"

"接下来就我们共同努力，"程晨与蓝相谊击掌，"一起撸起袖子，好好干一番事业。"

蓝相谊用力地点点头，程晨的到来给了他很大的力量和信心。

"你看到我们的新书记了吗？"程晨来同尘乡的第一天，乡办公室的两个小姑娘私下聊天时，伶牙俐齿的施玲娜说，"我以前认识他呢！"

"真的吗？"比施玲娜大几岁的刘颖觉得不可思议。

"我听到他和蓝乡长说，他十多年前去过我们小学支教，我一下就想起来了。他还辅导过我数学作业呢！"施玲娜回忆道。

她记得，小学四年级的暑期，因为家里大人忙，小孩无人照看，有十几个孩子留在了学校。那时，有一队从杭州来的大学生来学校进行暑期实践，教他们功课。当年的程晨是个阳光开朗的大哥哥。那时天气很热，没有空调，他坐在讲桌前，一堆孩子围着他，他教他们写数学作业。

晚上，他还带着一群学生在空旷的操场上仰望星空，他指着天上的一条光带告诉他们："你们这里空气好、视野好，可以看到银河。"

"太阳只是银河系中的一颗恒星，银河系不过是宇宙中的一个星系……"随后，他又告诉这群小学生银河有多大、宇宙有多大。那时的施玲娜有了对于宇宙的思考：原来同尘乡像尘埃一样小，地球也是如此渺小，外星人是否真实存在？

时隔十多年，施玲娜回想过往，不禁感慨："我一直以为他会是个大学教授，没想到，他博士毕业后居然当了公务员，还来我们乡当了书记。"

"他是博士呀，确实有点书生气。"刘颖笑着说。

不单她们二人对新任领导班子感到好奇，同尘乡的村民们也在私下议论纷纷：

"蓝河清的儿子回来当乡长了，书记是从省城来的博士生，这领导班子搭得也太好啦！"

"我也听说了，不过都没看到真人，也没看到新闻报道，有点太低调了。"

"挂职的干部，最怕是来这捞资历的，捞完就走。"也有人表示担忧。

程晨和蓝相谊属于同类人，对自己的要求都是少说话，多做事。他们并不理会外界的声音，只专注自己手头的工作。

程晨上班第一天，蓝相谊便和他商量同尘乡每个村落的发展策略。他们现在将工作重心放在了对同尘乡的摸底和规划上。

同尘乡九个村，各个村庄的情况并不相同，按照哲学观点，矛盾的特殊性尤为明显，需要具体问题具体分析。

"目前，我对同尘乡的初步规划是'一江金矿，两带两区，三个十里'。"蓝相谊跑遍了同尘乡后，简化了发展思路，将发展蓝图浓缩成十二个字，"'一江金矿'具体说来就是，以灵山江为中心，将同尘乡分成东西两块。金矿指的是梧桐村和金源村的金矿开发和后续产业布局，不过目前同尘乡金矿的开采量和之前相比是断崖式下降的，是继续深入挖掘还是关闭矿区，是转型发展农业经济还是寻找其他出路，都是需要我们思考的问题。'两带两区'指的是，以江左村和沐尘村为主体的古村落古建筑雅集名胜带，以溪美村为主体的民族风情观光带，环康坪水库—灵山江竞技健身运动区和绿春湖休闲旅游度假区。'三个十里'则是指同尘乡季节限定美景，十里杜鹃、十里荷花、十里桃花，其实是四个'十里'，我没有把湖算进去。"

"很美好的蓝图呀，如果真的能落实，那同尘乡可是极美的一幅山水田园画卷。"程晨认同蓝相谊的规划，可他也清楚，最关键的是落实。

"任重道远呐！"蓝相谊也深感职责在肩，他想阔步前行，可也知必须得脚踏实地，才能把同尘乡的发展之路夯实。

## 第八章
## 莫问前程

  程晨和蓝相谊召集各个村的村支书来乡政府开会,想要了解各个村面临的问题,规划村庄发展之路。

  "有问题有想法的都提出来,我们不是来验收成绩的,是想帮大家找办法,有问题我们一起解决。"蓝相谊主持会议,一开始他就表明了态度,让大家敞开来说。

  "梧桐村和金源村产金,可往外运输要经过溪美村,县政府前些年规划了运输矿石的车道,却遭到了溪美村村民的反对,村民说运矿大车污染空气,影响溪美村的风貌,也影响行车安全。"梧桐村村支书何丰源第一个说。

  "溪美村是少数民族聚居村落,你们开矿污染我们的水源就不说了,还要从我们这边过,那是绝对不行的。我们也要发展,都说绿水青山就是金山银山,你们不践行'两山'理念,还反过来来说我们不对,哪有这种道理。"溪美村代理村支书、村委会委员夏海反驳道。

"康坪村是移民村,很多村民因为建新安江水库移民到了康坪,又因为建同尘水库二次移民,我就是从淳安县移民过来的。而且,因为有水库,我们村的耕地是各个村最少的,好的规划一个都落不到我们头上……"康坪村村支书徐正清诉起苦来。

"庙贤村都是山地,离乡政府又远,因为近年来绿春湖玩的人多了,才说搞旅游开发,稍微有点起色。现在只希望旅游开发这块,县里乡里能继续抓牢,不能松。"庙贤村老村支书严宇平也照直说。

"双灵村和护国村有灵山江最好的江景,现在两岸正在建设风光带,应该联手打造配套的星级酒店、江景别墅,推广自然山水与品质融合的湖居生活,我们村要努力打造成五星级度假村,吸引人才过来。"双灵村村支书陈爱军满怀憧憬地说道。

"说得倒是好,要搞也得有钱啊。"护国村村支书张银花轻飘飘地回应一句。

"江左村的护国寺院现在在搞康养项目,引发了一些争议,可人家都这么干的,我们为什么不能这么干?"江左村村支书雷金宝大倒苦水,"还有重修宝塔,也有人反对。"

"我们老街改造也很难,村民们各自都有不同的意见,工作难做。"沐尘村的民国老街改造计划一直进展缓慢,村支书古啸天也很无奈。

一群人七嘴八舌,议论纷纷,同尘乡的问题也暴露了不少。程晨和蓝相谊很默契地看看彼此,发表了各自的看法。

"龙有九子各不相同，同尘乡刚好也有九个村，每个村的区位、站位都不一样，村领导的想法也不一样，什么时候大家能统一思想，抛弃落后的、陈旧的理念，摒弃走捷径、一夜暴富的杂念，什么时候才有更大的发展。"蓝相谊直指同尘乡的深层问题。

"各个村还是要有支能打能拼的队伍，才能协调发展，不要各自为政。"程晨说出他的看法，"当然，最关键的还是要稳扎稳打地迈开步子，不能拖后腿，也不能急躁冒进。"

蓝相谊赞许地点头，补充道："每个村都有优秀分子、积极分子，各个村要把这些积极分子都调动起来，团结各方力量，一起为乡村的发展努力。团结各方的关键，是协调好各方利益，如果一件事各方都有利益，那没有办不成的道理。"

"也得有人能领导村民，把大家拧成一股绳，不然大家都盯着自己家的一亩三分地了。所以要重视这次的村'两委'换届。"溪美村代理村支书夏海说道。溪美村老村支书钟景行中风瘫痪在家，他临时代任，但是村民们并不支持他的工作，他希望能尽快选出新的村支书。

"是，是。这次的村'两委'换届尤其关键啊！"其他村支书也附和道，对于即将到来的村"两委"换届选举，大家都很重视。

乡里的领导班子已经搭好，可每个村的村干部又是否敢打敢拼、可堪大任呢？蓝相谊和程晨心中都打了问号。

钟一鸣家里传来噩耗，老村支书离世了。钟景行当了近三十年的村支书，带着溪美村脱贫致富，为溪美村的发展可以说是鞠躬尽痒、死而后已。

程晨和蓝相谊一起来钟家祭奠老村支书,吊唁后,见钟一鸣还在忙前忙后,二人便在院子里的椅子上坐下。

曾小柔和罗高亮也前来吊唁,一眼就看到了坐在院子里的蓝相谊,二人上前打了声招呼,进到屋内吊唁之后,又来到院子里和蓝相谊说话。

"小柔、高亮,好久不见了,这是我们乡的程书记。"蓝相谊向双方介绍,"程书记,这是因东西协作而相遇相知的两位青年,四川叙永来的酿酒世家传人曾小柔和咱们乡溪美村的罗高亮。"

"幸会幸会!"程晨与曾小柔、罗高亮一一握手。

罗高亮说:"其实几个月前我们还和蓝主任在叙永吃饭呢,没想到这么快就在家乡碰到了。对了,现在不能叫蓝主任,要叫蓝乡长啦。"

"听说你们在酿酒,下次我要去你们的酒厂考察考察。"蓝相谊一直很支持他们创业。

"我们的酒现在还在调试阶段,还要您再多等等。现在酒的品牌名字我们还没想好,程书记和蓝乡长,你们文化水平高,能不能帮我们出出主意呀?"曾小柔灵机一动,想让程晨和蓝相谊帮忙支招。

听完曾小柔介绍他们的创业理念和酒的特色后,程晨和蓝相谊都陷入了思考。

"云山竹怎么样?"程晨望着对面山头飘起的雾霭,思路突然被打开,"你们看前方,有白云飘飘,高山巍巍,绿竹青青,不正是云山竹吗?"

"一听这名字,就觉得意境开阔,让人心驰神往呀!"蓝相谊连连夸赞。

"这个名字太好啦,既接地气,又富有诗情画意,很有格调。"二人都如获至宝,曾小柔更是心花怒放,"以后,云山竹酒就是我们的品牌名了。"

恰在此时,钟一鸣来到院中招待客人,曾小柔又对着钟一鸣致谢:"我们想到创品牌,也是一鸣哥提醒的,我们之前都没有品牌意识呢。"

"不好意思几位,今天怠慢了,改天陪书记、乡长喝茶。"钟一鸣拍拍程晨、蓝相谊的肩膀,随即又去忙碌了。

"钟一鸣人挺不错的,在杭州事业做得很好,却愿意回乡投资,他包了一座山,专门种有机蔬菜。"蓝相谊很了解钟一鸣的情况。

"不是要换届选举了吗?这么好的人才,如果能接他父亲的班,那岂不是更好?"程晨想到了几个月后的村"两委"换届选举,提议道。

蓝相谊也正有此意,他吊唁完没走,就是想找机会和钟一鸣谈谈这件事,但看来今天是谈不成了,他打算过几天找个时间再和钟一鸣好好谈谈。

在蓝相谊看来,溪美村村支书的最合适人选正是钟一鸣,可让钟一鸣放弃杭州优渥的生活和成功的事业,回乡当一个没太多好处还有一堆麻烦事的村支书,他能愿意吗?但是,想到要为同尘乡争取人才,程晨和蓝相谊一致认为,无论如何要试试。

丧礼过后几天,蓝相谊专门找到钟一鸣,和他敞开心扉谈话。

蓝相谊告诉他："县委和县政府提出要招贤引才，强化乡村治理队伍建设，全县深入开展了'龙商领航治村''乡贤回归参政'等活动，引导乡贤融入乡村治理事务中，培育一支思想正、创意多、懂基层、爱农民的村'两委'干部队伍。一鸣，像你这样的人才，正是乡村发展需要的，你要不要留在村里接替你爸的工作？"

面对蓝相谊抛出的橄榄枝，钟一鸣陷入了沉思。

父亲临终前的嘱托言犹在耳，钟景行对他说："一鸣呀，回家里来，不要再在外面了，钱赚得差不多就行了……你还有半辈子的路要走，不能只考虑自己的前程，也应该为村子做点事……我也知道自己什么情况，马上就要去地下了。让你接班，不是让你光宗耀祖，只是让你去做对得起良心、积功德的事。咱老钟家清清白白，你也要做到这一点……"

"爸，你身体虚弱，先别说了，你安心养病，等你病好了，我常回家陪陪你。"当时钟一鸣还以为父亲的病会好起来，哪想到，父亲突然病情加重，不久便撒手人寰，这些话竟成了他的临终之言。

"我是个生意人，让我当村干部，我还真不知道能不能干好。"钟一鸣对自己信心不足。

"你在杭州有人脉，把杭州的资源引进来，在这方面，程书记也会鼎力相助的；你思路开阔，现在同尘乡的发展就需要一些有想法的人去推动；你有名望，你去竞选村干部村民也会支持你的。"蓝相谊分析道。

"当然，你的顾虑我们也明白。毕竟，要舍下在杭州打下的事业，放弃都市的繁华，回到山沟沟，确实需要勇气。而且你的孩子也大了,升学和教育,这些都是要考虑的因素。"蓝相谊主动提到钟一鸣的顾虑之处。

钟一鸣沉思了半晌,问蓝相谊:"一直没问你,你是从同尘乡走出来的干部,支援叙永三年,好不容易回来了,怎么又回到了同尘乡?你的心路历程是怎样的?"

"没啥心路历程,就八个字——但行好事,莫问前程。"这八个字,也是蓝相谊的座右铭。

"但行好事,莫问前程……"钟一鸣喃喃重复,然后笑着看向蓝相谊,"这八个字,我想请蓝乡长题字给我,我要裱起来挂在墙上。"

蓝相谊笑着说:"让我题字?你饶了我吧!"

一笑而过之后,蓝相谊接着和钟一鸣说起自己的援川经历,也提到了陈健的故事,解释自己为何会选择回同尘乡工作。

蓝相谊说完后,二人都沉默了很长时间,远眺灵山江,任思绪流淌。

虽没有答应蓝相谊,但钟一鸣开始认真思考留乡这个选择。

中秋节前夕,罗高亮开车带着曾小柔去了一趟市区,去看望曾小柔的姑父李宏华和姑母金四媚。

明森电子公司位于城郊,李宏华和金四媚租住在公司附近的农民自建房里,租金三百元一个月,便宜是便宜,但环境也非常一般。他们原本住在工厂的宿舍,学校恢复上课后,为了方便照顾女儿李倩倩,夫妻二人便搬出来租了这间小房子。

"姑父、姑母,中秋节快到了,我给你们带了些我酿的酒过来,还有罗高亮奶奶养的鸭子和他买的月饼。"寒暄过后,曾小柔送上了礼物,"这是给表妹买的衣服。"

"小柔,前阵子和你爸打电话,他还问我见没见到你呢!"道谢后,李宏华和曾小柔说道,又仔细打量起罗高亮,"这是你男朋友吧,瘦了点,要加强锻炼。"李宏华为人实在,说话也不拐弯抹角。

"别看他瘦,力气大得很,平时扛酒缸、背谷子都是他负责的。"曾小柔为罗高亮说话。

"还是得长长肉,姑父、姑母说得对。"罗高亮笑着谦虚地承认。

"别站着说话了,快坐下,喝点茶。"能见到四川的亲人,金四媚喜出望外,忙着端茶倒水。

出租房本来就很小,摆放了简单的家具和李倩倩的书桌后,几乎没有什么多余的地方,罗高亮和曾小柔只能坐在床边。

金四媚递上了茶水,随后又在过道上的简易厨房里忙碌起来,跟他们说:"中午留下一起吃个便饭。"

金四媚动作麻利,很快就将做好的饭菜摆在了饭桌上。蒜苗炒腊肉、红烧肉、干菜炒四季豆、番茄蛋汤,简单的几个菜,却色香味俱全。

"真好吃。"罗高亮吃了几口夸赞道。

"这些干菜、四季豆、番茄都是工友的人送的,而且全是他们自己家种的,他们很照顾我们的。"金四媚乐呵呵地说道。

"那就好,那就好……对啦,表妹怎么没回家,功课那么忙吗?"

"她现在两个星期放一次假,学校抓得紧。"金四媚说道,"而且每次就放一天半,周日下午就得赶回学校。"

"抓得紧好，可以考个好的大学。"曾小柔为自己没能读过大学感到遗憾，看到表妹读书读得好，她便很高兴。

"我们村老酒的儿子也来龙游上学了。"金四媚继续说道，"听说读的是职校，读两年后，第三年就能去工厂上班，实习时就有试用期工资。"

"这不就是蓝乡长之前一直在推进的事吗？"罗高亮对此有印象，"没想到，这么快就成了。"

"原来是有这层关系啊，我们都不知道。"金四媚说，"还是出来打工好，既学了知识，又长了见识。"

曾小柔赞同地说道："确实，出来后人的想法也不一样了。我之前只想酿酒，现在还想着怎么把酒做得更好，卖到更多人手里。学做品牌、学做营销，这些我之前听都没听过，现在都在学习。"

"小柔真是出息了。你爸之前还担心你被骗，我跟他说完全不用担心，这边的人都很好。"一直在喝酒的李宏华也插话道。

"姑父说得对，来，我们一起干杯。"罗高亮举杯，邀请大家一起开怀畅饮。

在异乡还能走亲戚，而且看到大家都过得越来越好，曾小柔感到很是开心。

每年台风季节，都会有大大小小的台风登陆东南沿海，龙游县虽然不会是台风登陆点，但也深受影响。

台风尚未登陆，位于外围雨带的同尘乡已经狂风大作，乌云似乎贴着地在走，气压极低。程晨前往同尘水库，指导防汛工作；蓝相谊则前往庙贤村，视察地质灾害防范情况。

程晨打着雨伞，仔细检查溢洪道、坝顶、坝肩的情况。此时水库已经开闸放水，从孔洞流出的水流宛如奔腾的野马，急不可耐地一泻而下，冲击力极强，站在溢洪道上的一干人，衣服都被蒸腾的水汽浸湿了。

"怎么有人在这里捉鱼？"程晨离开水库途中，发现有几十个村民在灵山江上捉鱼，"泄洪警报你们发了吗？"

"发了，河长还挨家挨户通知了。"陪同程晨的是康坪村的村支书徐正清，他赶紧解释。

为推进"五水共治"，浙江设立河长制，每段河流都有河长，从省级河长到村级河长，都有人在任，蓝相谊就是乡级河长。

"确实有发警报，早上我也听到了。"说这话的是施玲娜，她也陪着程晨一起巡查。

"看来是我没留意到，发了就好。"发警报的时候程晨正在参加全县防汛动员大会，所以没有听到。

"快让他们上来，都泄洪了，人怎么还能在河里呢。"程晨担心村民的安全。

"你们快上来，太危险了，程书记在看着你们呢。"徐正清对着村民们喊话。

几个村民看到程书记来了，立马离开河道。

"我们同尘乡还有很多工作没有做到位，比如村民的安全意识教育就得加强啊！还有，之前我去溪美村办事，听村里人聚在路边聊搓麻将输赢多少的事。村里的文化建设和村民的思想教育也要加强，怎么能一天到晚想着搓麻将呢？"程晨列举了村民工作做得不到位的地方。

"是，是，我们之前不少工作没做到位。"徐正清连连称是，他被这位省城来的挂职书记好好上了一课。

蓝相谊到了庙贤村，此地海拔较高，台风到时，上山的几处道路因山体滑坡而堵塞了。蓝相谊走到近前，看到几位年龄五十岁上下的村民正在现场忙着清路障，他们个个都戴着安全帽，穿着雨衣雨裤。

"叔叔们辛苦了。"一道清脆的声音响起。蓝相谊循声望去，见到一位同样戴着安全帽、拿着扫帚的瘦弱年轻女性正在扫道路两侧的黄泥。

"这位是严琳，大学生村官，也是庙贤村人。"陪同的庙贤村村委会委员李月莲向蓝相谊介绍。

"滑坡点都做了标示吧？转移群众多少人？"蓝相谊走上前去问严琳。

"标了，转移了十户，共计五十六人，都转移到村文化礼堂了，水、泡面等物资都有。"严琳戴着眼镜，因为山中有水雾，她的镜面已模糊，她还未来得及看清楚眼前是何人，便已把情况汇报完毕。

"那就好。大家忙得差不多就先回家吧，辛苦大家了。"蓝相谊见路障已基本清理完毕，便让大家赶紧回家。

"他们可以回去，我跟我爸还是得留在路口值守。"严琳严肃地说道，"总有不要命的会偷偷上山，我们不能让人上山。"

"她之前看到有驴友下雨天还擅自上山，才会这么说。"严琳的父亲严志勇走到蓝相谊面前，笑呵呵地说道。

"我知道你，严志勇，你是见义勇为的大英雄。"蓝相谊之前并未见过严志勇，但在新闻报道上看到过他的照片和名字，他是绿春湖大队的大队长，退役军人，在册民兵，勇救落水儿童的见义勇为人物。

"那都是过去的事了……"被蓝相谊当面夸赞，严志勇有些不好意思。

"虎父无犬子，上阵父子兵，你们父女都是好样的。"蓝相谊很认可这对父女。

经过商议，严志勇留下来值守，蓝相谊与严琳去庙贤村文化礼堂看村民安置情况。来到文化礼堂，看到村民们都在室内席地而坐聊着天，孩子们在屋内追逐玩闹，蓝相谊稍稍安心。严琳忙着给几位老人端茶送水，蓝相谊也席地而坐，和几位村干部一起说话。

严琳忙完后坐到蓝相谊身边，蓝相谊问她："你大学毕业后就回同尘乡工作了？"严琳有一双水灵灵的大眼睛，看起来聪明灵动。

"是啊，刚毕业的时候准备考研，没考上就当了大学生村官，我现在想在村子里多待几年。"严琳说了她的经历。

"换届选举，你是准备竞选村支书？"蓝相谊试探着问。

"如果能选上，我一定要当的。"严琳毫不掩饰自己的想法。

"你有初生牛犊不怕虎的勇气，再好不过了。现在的乡村振兴，就需要你这样有闯劲、有干劲的年轻人。"蓝相谊肯定了严琳的想法。

"等十月份换届选举时，我第一个参选。"严琳和蓝相谊约定。

突如其来的台风天可真是苦了曾小柔和罗高亮，他们本打算下山回到新房子里避避，可忙完天都黑了，道路湿滑，下山更危险，便在老房子里躺着歇下了。

半夜，风雨大作，曾小柔本就有些害怕，此刻看到窗户上竹影幢幢，她被吓得毫无睡意。忽然吹来一阵风，一下子便把曾小柔卧室的窗户吹开了，曾小柔吓得连忙起床，撒腿就往外跑，冲到了罗高亮的房间。

此时罗高亮正在呼呼大睡，鼾声四起。

"高亮，高亮，快醒醒。"曾小柔使劲推着罗高亮。

"怎么了？怎么了？"罗高亮惊坐而起，想开灯，却发现停电了，他打开手机，看到面前的曾小柔，稍稍松了口气。

"台风真的好吓人，外面是不是已经成大海了？"曾小柔想到在新闻里看到的台风报道，禁不住产生不好的联想。

"不会的，台风到了我们这边已经很弱了，基本是送清凉送雨水来的。"罗高亮跟曾小柔解释，"没那么可怕的。何况我们是在房子里，又不是在外面被风吹。"

"真的吗？"

"真的，这是普通台风，不是超强台风。我读高中时暑假见过超强台风'桑美'，直接把我们家茅房的屋顶吹飞了、香菇大棚吹倒了，那才可怕……"罗高亮一副见过大世面的表情。

"我们那儿可不会整夜狂风暴雨……"曾小柔也见过暴雨冰雹，

但未见过这么大的台风,"我卧室的窗户刚刚被风吹开了,你帮我去关上吧,我不敢。"

罗高亮闻言马上去帮曾小柔关上了窗户,曾小柔这才安心下来躺回床上,不知不觉睡着了。

第二天一早,曾小柔醒来时发现外面晴空万里,除了树上掉落的枝叶昭示台风来过的痕迹,其他一如既往,天更晴朗了,空气也更清新了。

## 第九章 归乡书记

村"两委"选举如期举行，同尘乡热闹非凡，大街小巷挂满了"选好当家人，建设新农村！""选准人，带好路，共致富"等标语。

溪美村的选举聚焦在周王俊和钟一鸣两位候选人身上。周王俊是溪美村的村委会委员，也是溪美村的水稻田承包大户，对于村支书的岗位，他是志在必得的。哪知半路杀出个钟一鸣来。钟一鸣是在最后一刻报名参选的，他顺利获得了候选人提名。

选举的最终结果出来，钟一鸣险胜。得知这一结果后，钟一鸣去父亲的坟前上了一炷香。

"爸，我当上村支书了。"钟一鸣在父亲坟前坐着，不知何时已泪眼婆娑，"乡亲们还是看在你的面子上，才会把票投给我的。"

他想到自己年幼时的事情，那时改革的春风尚未吹来，父亲得了疟疾，母亲忙着照顾父亲。那时家里穷，他和妹妹钟小媚常常饿肚子。他们常穿着破背心、小裤衩去邻居家，热心的邻居大娘还会给他们兄妹一碗粥喝。

父亲病好后在溪美村承包了山地，种植板栗，因为为人正直、读过高中、有文化，被选举为村支书。后来，他们兄妹二人都没考上大学，妹妹钟小媚去龙游做家电销售，他则去了杭州跟人卖地板。他还记得，当时一块地板的价格，比他一个月的工资还要高。

几年之后，妹妹钟小媚和维修家电的小伙吴子龙结了婚，开了店，生了娃；而他也结婚生子，老婆邵敏是萧山人，他们夫妻俩在杭州开了品牌地板直营店，生意红火，客户遍布浙江全省。

他比妹妹钟小媚大三岁，钟小媚的儿子吴彬彬比他的儿子钟远大一岁。两个孩子小的时候，他带他们去省自然博物馆看恐龙化石，给他们买《十万个为什么》。两个小伙伴一起长大，也总被大人们比较。在龙游的吴彬彬已考入镇海中学，可以冲击浙大；而在杭州的钟远读的却是普通高中，能否考上本科，还需要打个问号。

几十年的片段如电影一样在钟一鸣眼前放映，不知不觉中，他已经回首了前半生。他的人生经历很丰富，忙忙碌碌总在奔波，但似乎并不充实，他只是在一味追求世俗的东西，远谈不上有崇高的理想和伟大的信仰。

"我不去想是否能够成功，既然选择了远方，便只顾风雨兼程。我不去想能否赢得爱情，既然钟情于玫瑰，就勇敢地吐露真诚。我不去想身后会不会袭来寒风冷雨，既然目标是地平线，留给世界的只能是背影。我不去想未来是平坦还是泥泞，只要热爱生命，一切，都在意料之中。"钟一鸣一直欣赏汪国真的这首名为《热爱生命》的诗，而今，他才感觉自己读懂了其中的深意。

钟一鸣作为新上任的村支书，去县里参加了党员学习培训。他是有十年党龄的党员，党组织关系一直在村里，可因为工作忙碌，经常缺席党员的学习培训，以前父亲总批评他："你除了交党费，哪里尽了共产党员的责任？"

当了村支书之后，钟一鸣自觉不一样了，连开会的时候打个盹都觉得冒失。


对于钟一鸣当选，周王俊很不服气。

在开在溪美村村口的一家饮食店里，有人同周王俊提起这件事，他自怨自艾地说道："怪我没有一个会带路的爹。"

"老钟书记是好人，为村里做了不少实事。至于小钟书记，人家也不指望靠当书记赚钱，他放下杭州的事业回村能图啥呢？"蓝水友是村里有名的老实人，平时不多话，今天不知怎的，在隔壁桌吃面的他居然插话了。

"怎么就没利益呢？修路包给谁修？景区开发谁负责？"唯周王俊马首是瞻的周日新反驳道，随后他问起蓝水友，"你是不是把票投给钟一鸣了？"

"是又怎么样？不是又怎么样？不是投票自由吗？"蓝水友的回应恰说明他确实是把票投给了钟一鸣。

"我要去干活了……"蓝水友边说边放下筷子，擦擦嘴便走出店门。

"哼！"周日新冲着门口哼了一声，蓝水友让他很不爽。

"你说,钟一鸣是不是买通村民,作弊了?"周王俊百思不得其解。

"俊哥,给村民发香烟的是你,反正我没看到钟一鸣有啥违规操作。"周日新提醒道。

"总之,他的日子别想好过,我就不信抓不到他的把柄。"周王俊一脸不服气地说道,他不打算轻易罢休。

庙贤村那头,老村支书严宇平把自己的票投给了严琳,严琳也最终当选。严宇平拿着自己在任时获得的奖章给严琳看,嘱托她:"小琳,庙贤村就看你啦!"

"您放心,我一定努力工作,不辜负您的信任。"严琳庄严地对老村支书承诺。

相隔近四十岁的两辈人成功交接,本该是一段佳话,可有人还是不服气,在她背后说闲言碎语。

庙贤村有二十多户村民住在海拔近千米高的山腰,严琳自己的家也在其中。邻居张玉的女儿严梦洁和严琳一样大,读书时成绩不如严琳,大学毕业后考上了杭州某街道办事处的事业编,这让张玉颇为得意,总觉得严琳是被自己女儿比下去了。

严琳还保持着每天走五公里山路,上山回家、下山办公的习惯,每天出门,她都会经过张玉家门前。

一日晚上,她从张玉家门口路过,恰好听到张玉和她家屋后的根莲大婶在说她的闲话。

"严琳啊,她当村支书有什么用,又没编制。我们家梦洁是事业编,杭州的事业编很难考的。"张玉得意扬扬地炫耀。

"大学毕业,还非得跟我们一起待在山上,不出去赚钱,实在说不通。"根莲大婶说道。

"听说她大学时谈恋爱,为情所伤,在大城市待不下去了。"张玉不知从哪道听途说,对严琳进行恶意揣测。

"我怎么不知道我大学时为情所伤的事?"严琳听后真是又好气又好笑。她也只听听,并不往心里去。"夏虫不可语冰,何必跟这些人计较呢!"她继续往前走,在心里暗暗发誓,"我一定要在庙贤村证明自己。"

程晨一行人一起来到庙贤村考察,严琳带着他们去考察绿春湖的旅游开发情况。

其实,绿春湖既是湖名,也是山名,是龙游的最高峰,山势雄伟壮观,周围峰峦叠嶂,终年绿草如茵,因山顶有一个小湖而得名。

与程晨一起前来的施玲娜和刘颖二人走到位于半山腰的严琳家门口时已经气喘吁吁,面色惨白,程晨也额头冒汗,只有严琳因为走惯了山路,面色不改。

"书记,两位美女,你们也看到了,庙贤村是真的很高,是同尘乡的屋脊,可你们往上走,就会看到大好风景,可以俯瞰整个同尘乡。"

"汪汪汪!"就在此时,有只黑色的大狗冲了出来,冲几人狂吠。

施玲娜和刘颖被吓了一跳。

"噜噜,给我回去!"严琳喝道。这狗是张玉家的,见严琳跺着脚赶它，马上一溜烟跑得没影了。

"这狗好凶。"程晨评价。

"是有点凶，但它不咬人。"严琳解释道。

"你怎么知道它不咬人呢？万一它性情大变呢？"施玲娜因疲惫，火气有些大，"农村的狗都不打疫苗，要是被咬，可一定要打狂犬病疫苗！"

"最近浙江出现的狂犬病死亡案例，可是城市的流浪狗所为，并不是农村的土狗。"严琳反驳道。

"严书记，你就不要跟她计较了。"程晨适时劝阻两位"火花四射"的姑娘，"你们两个可是校友，都是浙江财经大学毕业的，施玲娜是你学妹。"

听说是校友，两人都不好意思地笑了。

严琳看着眼前的施玲娜，她皮肤白皙，穿着粉色T恤、灰色运动裤，打着有小碎花图案的遮阳伞，脸圆圆的，有着整齐的刘海，一双大眼睛很可爱。严琳再看看自己，身材纤细，戴着斗笠，穿着黑色的麻料衣服裤子，像一个行走在山间的独行侠。

严琳高考时成绩很好，读的是浙江数一数二的好大学，学的是金融学专业。大学期间，她一直拿学校的奖学金，一心想考金融学研究生，她顺利通过了研究生笔试，可惜面试时被刷了下来。

毕业后，她进入杭州市的一家证券公司实习，可实习没多久她就因车祸骨折住院了，病好后，没能在证券公司留下。之后，严琳便回老家养身体，身体完全康复后，她选择留在村里当大学生村官。

当了大学生村官后，严琳跳出了自己"庙贤村村民"的身份，开始更加客观地看待她从小到大生活的地方。

严琳看向施玲娜，见她眉头紧锁，不知是否在忍受太阳的煎熬，急于逃离这个地方？恍惚间，严琳在她身上看到了自己的影子……

"农村有些人家真不注重卫生，有些人家里还有跳蚤。"起初她也这样向老村支书抱怨。

"如果你看不惯，可以去想办法改变它。村民们整天干农活，哪还有时间把家收拾得干干净净？"老村支书的话像一把锤子一样重重地敲击在她的心上，敲醒了她。

"如果你觉得你的祖国不好，你就去建设它；如果你觉得政府不好，你就去当公务员去改变它；如果你觉得人民没素质，就从你开始做一个高素质的公民；如果你觉得同胞愚昧无知，就从你开始努力改变身边的人。他人有缺点，我们一起改正，而不是一味地谩骂、抱怨、逃离。横眉冷对千夫指，俯首甘为孺子牛。你所站立的地方，正是你的祖国。你若光明，你的祖国便不黑暗。能做事的做事，能发声的发声。有一分热，发一分光，就像萤火般也可以在黑夜里发光，不必等候炬火。"后来，她在网上看到了这段话，深受触动，还用笔抄录下来，经常拿出来看。

渐渐地，她从个人喜恶的视角，转变成乡村干部该关注的视角，她想通过自己的力量让庙贤村变得更好，而不是一味地抱怨、嫌弃它。

一开始，严琳的父母想让她考公务员，但她却想先留在庙贤村当村官。

"琳琳呀，你为什么不去考公务员呢？"严琳的妈妈崔玉娇是当地一所乡村小学的老师，她生怕女儿留在山沟里没发展，思想也闭塞了。

"妈，我还年轻，现在才二十三岁，公务员考试三十五岁之前都可以考，等我三十岁再去考也不迟。"

"以后变数很大的，考的人多了怎么办？还有，你三十岁了还要换工作，个人规划是有问题的。"崔玉娇苦劝。

"窝在老家不好找对象呀。"相比妻子，严志勇的担忧很简单。

"如果我真嫁不出去，家里也有饭给我吃吧？也不多我一双筷子吧？"严琳笑着撒娇道，"严先生、崔女士，你们说呢？"

崔玉娇虽然嘴上不松口，但还是默许了女儿的选择。

就这样，严琳留在了庙贤村当大学生村官，三年时间很快过去了。庙贤村最大的突破，就是绿春湖的旅游开发正在逐步推进。该项目投资大，建设周期为十年，目前还处于前期开发阶段。

"你们村现在住山上的人，有没有去厂里打工的？"程晨的话把严琳从回忆中拉回现实。

"大部分都在家里干农活，有几户人家承包了山地种豆子。"严琳据实回答。

他们已经走到了屋后，正想往山上走的时候，听到根莲大婶在门口大喊："张玉，快来打麻将！"

"你们村都有哪些娱乐活动？"程晨又问。

严琳知道程晨为何如此问，她无奈地说："我们村前两年就安装了一批健身器材，结果没有人用，都搁着浪费。"

"同尘乡的生活是好起来了，但我们还不是富裕的农村，怎么可以有小富即安、不思进取的心态呢？玩扑克、玩麻将，如果是单纯的娱乐，那无可厚非，可我听到大家说的都是输了多少钱、赢了多少钱，这究竟是玩还是赌呢？"程晨不留情面地戳破了窗户纸，"我跟公安部门的同事也交流过了，同尘乡近年有因为赌博闹出纠纷的，这事总归不好。"

"程书记说得很对，消除不良风气，让每个人都把心思放到提升自我、提升家庭生活水平上来，老百姓才能获得真正的幸福感。"严琳附议。

这天过后，严琳特意花了几天时间摸准了村里喜欢赌博的人以及相应的赌博时间。

一天，庙贤村最有名的赌鬼王兴老婆林水红来找严琳，她哭着说："严书记，王兴打我了。"

严琳见她皮青脸肿，惊忧不已地问："他为什么打你？"

"他赌输了，让我给他钱，我不给，他就打我。"林水红哭着说，"那钱都是给孩子交学费的。"

"你别哭了，我带你去医院，帮你报警。"严琳处理事情不和稀泥。

"不能报警，影响孩子。"林水红不愿去报警，"严书记，你能不能帮我管管他，他天天赌博，没得救了。"

"我先带你去医院。"严琳开着车，带着林水红去医院处理伤口，开了伤情鉴定书。

"你准备怎么办？"严琳问起林水红，"想不想离婚？"

"我现在赚不到什么钱,离婚了便没办法生活了。"王兴是当地的水泥工,靠粉刷墙头还能赚些钱,可林水红在家中带孩子,基本没什么收入。

"赌博的事我不会放任不管。"严琳知道她要怎么做,"不能让他再伤害你,你也要自立自强,为了自己和孩子。"

"嗯,嗯。"林水红连连点头。

赌博这风气,必须破除了。

一天晚上,严琳摸清赌博地点后,突袭上门。

推门进去,只见十几个人围在一张大桌子旁,桌上放着纸牌,老六头正在摇骰子,几十张百元钞票放在桌上。这里是老六头的家,除了老六头和他老婆,另外还有十几个村民,王兴也在。

"这里好热闹啊!"严琳笑着步入这充满烟味的房间,"都在打牌?"

"严琳,你找谁?"老六头还在桌前忙活,都没顾得上起身。

"找你啊!老六头,你天天让大家到你家玩也不是事啊。"

严琳走到王兴面前,挑眉说道:"王兴,你今天输了还是赢了?别又输光了,回去找老婆要钱。"

王兴脸色不善,盯着严琳。

严琳收起笑脸,突然愤怒地大声说:"你们赌博,真是害人害己,有多少个家庭因为赌博支离破碎,这么多例子还不够吗?大家有空多出去跳跳广场舞,不比天天趴在赌桌前强吗?"

她的一番话让大家都噤声了,她环视一圈后继续说道:"这次是我来，下次就是派出所的人来了。要是被关进去了，不得十天半个月才能出来，还会影响儿子女儿参加公务员考试，不就成家族罪人了吗？"

"张玉阿姨怎么也在这呢？梦洁是事业单位的，这要是被影响了前途，那可怎么办啊？"严琳看到张玉也在场，对着张玉说道。

张玉被问得哑口无言，低下了头。

"不玩了，不玩了，都回家吧！"老六头知道今天是无法继续了，便招呼大家散了。

"叔，你家正正到年龄要去当兵的，你可不能拖他后腿。"严琳临走前，还不忘提醒老六头一句。

回家路上，严琳紧攥手机，小步快走，她心里很紧张，生怕这群赌鬼会为难她，好在还算顺利。

"喂，梦洁，我是严琳，我跟你说一个事，你提醒你妈一下……"第二天，严琳给村里每个年轻人都打了电话，希望用他们的力量监督家人不参与赌博。

当然，她知道只做这些是不够的，对于那些上瘾的人，戒掉赌瘾才是关键。

接下来连续一个月，她每天晚上都会去那几个赌博聚集地走走，像是盯梢一样，因此来赌博的人越来越少了。

"叔叔阿姨们，来跳跳广场舞啊，音乐已经准备好啦！"每天晚饭后，她都拿着大喇叭在村文化礼堂门前喊着让大家来跳广场舞。渐渐地，跳广场舞的人多了起来。

这边庙贤村的村支书为民风整顿工作忙碌着，那边溪美村的村支书也没闲着。

钟一鸣的策略简单粗暴，他向几个带头组麻将局的村民发出邀请，请他们来自己家打麻将。毕竟他是村支书，谁也不好驳他的面子，去了之后，钟一鸣关起门来，给大家立起了规矩。

"不能赌钱，一分钱都不能赌，要是赌了，那对不起，罚款处理。"钟一鸣明确地说。

"小钟书记，你太不讲理了，你又没有罚款的权利。"被邀请来的周日新不满地说道。

"往年有人上山偷笋，不也罚款吗？这钱又不是进我的口袋，没什么好说的。"钟一鸣在商场打拼多年，也不是吃素的，"还有，谁组织谁负责，严重的移交给公安机关，严打时期，你们别撞枪口上。"

"另外，不能从溪美村外带人进来赌，我们溪美村的人也不能出去赌。一旦发现有人赌博，每月公布名单、赌资。这个名单，整个同尘乡都会联合张贴在村委会墙上。"钟一鸣最后提到的"名单联合公布"这个事，是他向乡里建议的，并很快被采纳了。

"听清楚的话，大家就在保证书上签个字吧！"钟一鸣提前准备了保证书。

在座的人个个如坐针毡，大家面面相觑，一时间不知如何是好。几个较老实的村民犹豫了一会儿后，在保证书上签了字。看有人带头，其他人也陆续签了字。

## 第十章 迎难而上

浙江持续推进"三改一拆"行动,同尘乡的违规建筑也进入了密集的"爆破期"。农村的不少违规建筑,有未经审批而建的厨房、车库,也有私搭的茅房、柴房、养鸡棚、猪舍等。

同尘乡"三改一拆"动员大会由蓝相谊主持,乡政府召集了各村的书记来开会,蓝相谊明确跟大家表示:"这次'三改一拆'行动处理的违法建筑,主要是非法占用土地建设的建筑和未取得相关规划许可证或未按照相关规划许可规定建设的建筑。村干部和党员要起带头作用,负责做自己家人和亲戚的思想工作,大家回去先全面摸排登记本村违法建筑的情况。"

"大家要做好村民的工作,要注意方式,要晓之以理、动之以情,不可恫吓村民。我们的底线是不能出事,保证安全,这点需要重点强调。工作一遍做不通,那就做两遍、三遍,直到把工作做通为止。"程晨严肃地说道,"拆违建,是为了让我们的家园更美好、更干净、更整洁,是为了退回非法占有的土地,让大家安居乐业,更好地建设家园。"

各个村的村支书接到任务,都面带忧愁。拆迁工作是基层最难做的工作之一,对此严琳深有体会。钟一鸣则不露声色,他深知重任在肩,不能怠慢。

"这工作真是越来越难做了。"梧桐村村支书何丰源一走出会议室,就不断摇头,对着金源村村支书雷斌抱怨。

"那有什么办法呢?王进喜说过,有条件要上,没条件创造条件也要上。现在就一个字,上。"雷斌两手一摊,欣然接受这道命令。

"雷书记、何书记,你们在说什么呢?"康坪村村支书徐正清笑容满面地走过来,"拆违建的事啊,我们村保准第一个完成!这事上面还没强调的时候,我们已经自觉主动做好啦,一点不用乡里操心。"徐正清很是得意。康坪村的房子是村集体规划建造的,今年才搬迁,邻里们都紧挨着,如果谁占地了,那势必会侵害另一家的利益,引发邻里矛盾。有几户人家因占地纠纷闹得尽人皆知,得不偿失,为此大家不敢再僭越。

"那提前恭喜了。"何丰源笑着恭喜徐正清。可与徐正清一分别,他便气呼呼地摇头,对雷斌抱怨:"得便宜了还卖乖!"

"我倒是羡慕他,歪打正着,把工作做在了前头。"雷斌羡慕地说。

钟一鸣领到任务回村,立刻召集村里七个网格小组组长开会。

"希望大家都能转变思想，认真看待这件事，不要因自己的私心，贪图一点小便宜，就自我蒙蔽，不讲法理。大家回去后，先登记各自小组的违建情况，本周五下午三点前汇总到我这里。"

各个小组组长点头答应，除了坐在中间的第三小组组长蓝土根。

"我是不会拆的！"蓝土根站起来，和钟一鸣叫板。

"我用了十几年的柴房，现在告诉我是违建？说拆就拆，岂有此理！"蓝土根性格豪爽，想啥说啥。

"土根，别生气，做人总要讲道理的。违规建筑存在安全隐患，占用土地资源，也影响村容村貌。何况都没报批过，确实是违规乱建，我们站不住理。"钟一鸣耐心劝导，"你是小组组长，要识大局顾大体。你回去再好好想想，跟香莲说说今天的事，我相信她自会明白。"钟一鸣知道他性格偏执，多说无益。

蓝土根回到家后，和妻子徐香莲说道："要拆违规建筑了，咱们家的柴房也要被拆掉。"

"拆掉以后柴堆哪里？"徐香莲因为腰疼躺在床上休息，闻言她微微坐起，很是担忧。

"你想堆哪儿就堆哪儿，反正以后卫生检查，也不要对我们有要求了。"蓝土根说着气话。

徐香莲想了想说："门前不能放，我们就堆屋后，直接盖层尼龙膜，他们也没什么好说的。"

蓝土根还在生气，根本就听不进妻子的话。

"你就是太固执，好处不占，又得罪人。"徐香莲又气又恼。

蓝土根心里不爽，不愿再搭理妻子，从抽屉里拿出了本子和笔便出门了。

为了查看罗高亮家老房子的情况,蓝土根上了一趟山。

到了山上,他发现罗高亮家老房子门口已经搭建了大棚。此时罗高亮正烧着火,柴火噼啪作响,灶台里的高粱已被煮得滋滋冒泡,清香四溢。房子的另一头搭着棚子,放满了柴火,密不透风。

"高亮,你家搭建柴棚和烧火台,经过审批了吗?"蓝土根环顾了一圈问道。

"我们是正规化生产。"见蓝土根拿着本子站在门口,正在记录着什么,罗高亮回道。

"政府允许你生产,也允许你在外面建柴房了?"蓝土根反问。

"也没说不行啊!"罗高亮被问住了,他灵机一动反驳道。

恰在此时,曾小柔出门了,见蓝土根在门口指指点点,她决定要和蓝土根理论一番。

"怎么又说我们违建?我们自己的地盘,自己不能做主吗?"曾小柔气呼呼地说,"村里让我们拆柴棚和烧火台,你说,这事我找谁去反馈,找乡长吗?"

"找乡长也没有用,这个就是省里、市里、县里、乡里逐级下的指示,说是'三改一拆',违建就要拆!"蓝土根解释道。

"反正我把你家的违建记下来了,我还要去其他家记录呢!你不主动拆,过段时间有人上门帮你拆。"蓝土根说完便匆匆下山了。

曾小柔回头同罗高亮说道:"咱们找找蓝乡长,让他帮我们解决困难。"

"算了，蓝乡长是这件事的主要负责人，你去找他，这不是成心让他为难吗？"罗高亮否决了这一提议。

"难道你准备拆了吗？拆了之后，我们怎么办？"曾小柔忧心不已，"乡亲们还有三千斤稻谷压在这里，我们还能赶在白露之前酿出酒吗？"

"那也没有办法……实在不行，进屋子里烧，窖藏酒先不做了。"无奈，罗高亮只能出此下策。

泸州的酒，窖藏是必不可少的一道程序。他们本来想把房子尽可能空出来，用来储藏一缸缸新酿的酒，数年之后，这些酒的价值可以翻好几倍。如今，窖藏酒的计划要暂时缓一缓了。

蓝土根接着又去了几户人家登记违建情况，最后来到周王俊家中。蓝土根素来和周王俊不和，周王俊为人有几分霸道，蓝土根又是个硬脾气，二人经常拌嘴。

"你家后院的这个猪舍有没有审批过？审批过的话把证明拿出来，如果没审批过我要记下来。"蓝土根冷眼看着周王俊，猜测他的养猪场大概率是违建。

"你说我家的猪舍违建？你去跟钟一鸣说，他家的猪舍跟我家的是同一时间建的，你问他要不要拆？"周王俊似早已知晓风声，已做好了应对策略。

"他不是我们组的，不归我管，我只管好我们自己组的事。"

"钟一鸣家也有猪舍，就因为他是村支书大家就都不敢提了？你家也有要拆的违建吧？凭什么他当领导就可以不拆啊，你觉得这公平吗？"周王俊越说越来劲，"就我目前得到的消息，钟一鸣家的猪舍是不用拆的。"周王俊一边说一边观察蓝土根的表情。

"岂有此理？凭什么他不拆啊！"蓝土根越听越气，怒目圆睁。

周王俊很是满意蓝土根的反应，他不再说话了，接下来，他只等着看好戏了。

"村支书家有违建却不拆除"，这一消息很快引发了众怒。村民们一起到钟一鸣家门前讨要说法。

"我家的猪舍建之前就审批过了，我把审批材料给你们看。"无奈之下，钟一鸣拿出当年的审批文件给众人看，可还是难堵悠悠众口。

很快，有关钟一鸣的举报信被送到了县里，县纪委的工作人员来找钟一鸣调查。

"钟一鸣才当了几个月的书记，就要被撸下去了。"

"真是丢老钟书记的脸。"

"我看他放着杭州的生意不做回来当村支书，肯定另有所图。"

钟一鸣配合县纪委调查的同时，众人议论纷纷，村中流言四起……

钟一鸣的妻子邵敏听到消息后忙从杭州赶了回来，可她到溪美村时钟一鸣正在接受调查，她一时半会见不到他，只能干着急。

再说庙贤村那边，任务分配之后，严琳顶着压力，去每家每户游说。

严琳提着一壶油，来到了位于村口的彭众家中，她站在门口，心头一阵发紧。

房子另外一头搭了个小柴铺，里面养了两只兔子，地上堆满了做扫帚用的地肤草和竹枝条，严琳一眼便判断出来这是违规搭建的。

严琳长吸一口气，敲门后走进屋中，彭众和妻子见了她，神色一变。

"彭叔、瑛阿姨，你们好。这是我家新榨的菜籽油，给你们带一些过来。"严琳放下菜籽油，主动问好。

彭众知道她为何来，背转身去，不理会她。

彭众的妻子黄瑛也只是叹了口气，并没有招待严琳的意思。

"严书记，你还是回去吧！"彭众下了逐客令。

"彭叔，你搭的柴铺是违建的，按照规定是要被拆掉的。"

"我要是不同意拆，你们准备怎么着？"

"按照相关规定，要予以强制拆除。"严琳继续苦劝，并拿自己举例，"大家都一样的，凡涉及违建，就要拆除，没有谁是例外。我家也一样，我爸把种红豆杉时搭的铺子和后山的鸡舍都拆了，换成鸡笼子了。"

"我就不拆！"彭众根本不理会严琳，完全不给商量的余地。

连续几日，严琳跑了好几家像彭众这样的"钉子户"，耐心劝导，一步步动摇对方的执念。

这就是基层工作的常态，工作总是繁杂琐碎，可倾尽心力，换来的结果也未必是好的。

## 第十一章 不畏人言

接受完纪委调查,回到家中后,钟一鸣召集村民到自家的猪舍门口,此时,已经有挖掘机就位,正准备拆除猪舍。

钟一鸣指着猪舍,声音洪亮:"我家的猪舍虽然建得早,但程序一样都不少,都是经过正规审批,所有程序合法合理,纪委的同志已经调查过了。当然,有些人明明知道,但还是装不懂。今天我就当着全村人的面,把我家合法修建的猪舍给拆了。如果还有不服气的,就站出来直接和我说,不要背地里说三道四。"

挖掘机启动了,村民们眼看着一排整齐的猪舍被推倒成了钢筋水泥块。

"可惜了,这猪舍多好,说没就没了……"人群里有人惋惜地说。

"钟书记带头把自家猪舍拆了,那我也不能落后啊,回家我也把我家的猪舍拆了,一起做表率。"周王俊信誓旦旦地表示。

"你那是真违建,怎么也借此往自己脸上贴金?"立马有妇女站出来驳斥周王俊。

周王俊瞪了那妇女一眼,没吭声。

"钟书记,回去我就把我家的柴房给拆了,全力支持你的工作。"蓝土根也保证道。

其他村民也一一表明态度,支持拆违建的工作。

钟一鸣拆猪舍的时候,邵敏回杭州办事了,等她回到村里看到自家猪舍被拆了,气恼地说:"咱家猪舍是合法修建的,纪委调查也说没有问题,你犯得着把它拆了吗?你当这个村支书,吃力不讨好,我看还是别当了。"

"拆都拆了,这事翻篇了。"这几天又是配合调查,又是拆猪舍,钟一鸣有点累,他坐在沙发上有气无力地说。

"什么叫拆都拆了,你说你为什么要拆?"邵敏看到钟一鸣这个态度,气不打一处来。

"我在这个位置上,有人不服我,那我就要做到服众。"

"当初我就反对你回来当村支书,你不听。现在禁赌、拆迁都落到你头上,多得罪人的事啊!咱不蹚这趟浑水,回杭州好好卖家具,不好吗?"邵敏本就不支持钟一鸣回村当书记,现在发生这样的事情,她更反对了。

"杭州的店转给邵平吧,我不想开了。"邵平是钟一鸣的小舅子,被钟一鸣带着做家居生意,最近几年精进不少,也有自己的店面。

"你说什么?!钟远出国留学不要钱吗?店里员工的工资、店面租金、押的货,这些你都算过吗?你说不干就不干?"听钟一鸣说要把店转出去,这可把邵敏急坏了。

"钟远就在国内读大学好了。他要是不上进,送去斯坦福大学也没有用;要是上进,读个浙大也够本事。至于门店的员工,让人接手的同时把员工也一并接手。"钟一鸣明明在说一件大事,却有些漫不经心。

"你说得倒简单!钟一鸣,你要是不想干,不过日子了,咱可以离婚!"邵敏气急败坏,竟说出了离婚。

"怎么谈到离婚了?"钟一鸣瞬间有些清醒,"你要理解我,我现在已经职责在肩,我想要做一个好村支书。"

"那你也没必要把杭州的产业都丢了吧,这不是'丢西瓜捡芝麻'吗?"邵敏没再继续揪着离婚的话题,而是继续苦劝钟一鸣,"我们现在还没到'躺平'的时候,还是要继续干事业的。"

"现在村里议论的人太多了,有人说我是来捞好处的,有人说我只是来混个名头的。想让这些人闭嘴,那就要先把杭州的生意放一放,我确实没那么多精力。"钟一鸣已有决断。

"可你真的把生意放了,这些人也不会感激你,咱们问心无愧就行了,你不能让每个人都满意你的做法。"邵敏仍旧劝导。

"我是真想为溪美村做点实事,让溪美村富起来。"钟一鸣目光坚定。

"杭州的店我先顾着,不能说转就转。"邵敏仍是不同意把店转给别人。

"这段时间你一个人应付进货、仓储、物流、销售、售后……太累了！"一直以来，他们夫妻分工合作，钟一鸣负责进货、仓储、物流，邵敏负责销售、售后。他当上村支书后，这段时间店里的事都是邵敏一个人负责，他担心她太累了，身体吃不消。

"我可以让邵平过来帮忙。"邵敏已经想到了小法。

"我也有我的计划，我准备继续承包地，扩大高山有机蔬菜种植规模，再与金雁的公司合作，通过他把菜卖给杭州的各家菜馆。"钟一鸣说出他的规划。金雁也是溪美村人，在杭州搞餐饮采购，很有门路。

"农家乐我们也得搞，不过要搞出特色，我准备自己改造老旧民房。"不单单是种植业，钟一鸣还想把村里的农家乐做起来。

"原来你想把店转出去，是打算拿了钱去投新的项目，我跟你说，没门！"邵敏终于摸清楚钟一鸣的真实意图，她很生气，直接告诫钟一鸣，"你要创业可以，但不能关店，不能卖房卖车，不能搞抵押贷款。"

"我们刚开始创业的时候，不也贷款吗？生意出问题的时候，不也抵押过房子吗？"

"那时候年轻，现在我们不年轻了，上有老下有小，不能再冒险了。"邵敏态度坚决。

"人老心不老。"钟一鸣有自己的想法，"生命在于折腾，我还想折腾，带着溪美村的村民们一起折腾。"

"得了，你若真缺钱，就把你那车卖了吧。"邵敏干脆说道，"车是面子工程，其他的都是下蛋的鸡，你想拿走，门都没有！"

"行，我就把车卖了。"钟一鸣爽快答应，没有丝毫不舍。

"可孩子怎么办呢？钟远马上就高三了，你不在他身边，会影响孩子成绩的啊！"

"我有空就会回杭州的。蓝乡长的女儿也读高中，他也不在女儿身边，人家学习成绩照样很好，听说要去镇海中学，有希望考清华、北大。"钟一鸣说了他了解到的情况。

"算了，我说啥你都不听，不想和你说了，我现在就回杭州。"邵敏不想再多说，转身收拾东西。她是关心钟一鸣才回来的，如今见他无事，还一副油盐不进的样子，这让她很不爽："我真是瞎操心，之前还生怕你出事，现在看完全是浪费感情，反正你已经认死理了，我也没什么好说的。"

钟一鸣见邵敏生气，可他又不知道怎么安慰，只好说："你先回杭州吧，我有空就回去看孩子。"

"妈，我回杭州了。"邵敏站在楼梯口大声说道，和婆婆陈凤莲告别。

"小敏，别急着走。"陈凤莲听到邵敏喊她，从二楼走下来，让邵敏先别走。

"钟远要上学，店里没人管，我得照看着。"在婆婆面前，邵敏倒没有说钟一鸣的不好。

"带点葱花馒头和笋干回去吧。"

"不用了，妈，你休息吧。"邵敏说完便走出门，开车离去。

"她怎么走得那么急？"陈凤莲问钟一鸣。

钟一鸣则云淡风轻地回答："事情多就早点回去了。"

"一鸣，你回家当村支书，也要搞好家庭关系，要两头兼顾，知道吗？"

"知道了，妈。"

"最近你太辛苦了，要好好休息，炖的鸡要吃……"陈凤莲边唠叨边走去厨房，留下钟一鸣一人在客厅。

钟一鸣靠在沙发上，突然有种困顿感。上任村支书不过一个月，他却体会了种种人情冷暖，他并不在意个人得失，他在意的是村里人对他的看法，如今，他感觉有些心寒。他的眼神无意间停留在中堂柜上摆放的父亲遗像上，父亲似在注视着他。

钟一鸣又坐了一会儿，便起身往村委会走去。一路上，只见一片片金黄的稻田显现出丰收的景象，户户村民家门口干净整洁，花坛里开满了大红色的月季花和小小的五角星形状的茑萝。

"我当村支书，是为了让大家的日子过得更好，只要我问心无愧，总会有守得云开见月明的时候。"钟一鸣想明白后，心头的愤懑便渐渐消散了。

他打电话给夏海："夏海，我们村申报美丽宜居示范村的材料准备好了没有？"

"好了，我现在就给你送过来。"夏海在电话那头答应道。

这是严琳第十次来到彭众家中，彭众已是不胜其烦，他坐在院中制作扫帚，不理会她。制作竹扫帚必不可少的一道工序是需要用火将竹枝上的残叶给烧干净，否则用带叶的扫帚扫地，将越扫越不干净。此刻，彭众就坐在火堆前烧残叶。

"彭叔，咱们村其他户的违建都已经自愿拆除了，现在就剩下你家没有拆了。"严琳继续苦劝,"你如果还想做扫帚,可以把材料堆放在我奶奶家的旧房子里,你看可以吗?"

"你们别又来骗我,我不听!"忽然,彭众从火堆里抽出竹枝,甩向空中,顿时火花四射。

柴房里那堆干燥的地肤草像是感应到了空气里的火星,竟冒起了烟,很快熊熊燃烧起来,发出噼噼啪啪的声音。

严琳被眼前的一幕吓呆了,她回过神来后,赶紧冲进柴房,抽走了燃烧的草垛,可周围的草已经燃了起来。徒手扑灭明火已不可能,严琳急忙跑进彭众家中拿水,并叫彭众的妻子黄瑛过来帮忙。

见此情景彭众也大惊失色,他冲进柴房,想把里面养的几只小兔子救出来,可火势瞬间就起来了,草垛到处都冒起了火苗。

当严琳和黄瑛提着水桶出来时,柴房已被烈火包围,火光冲天。

彭众竟然还在柴房里面。

"彭叔!""老彭!"严琳和黄瑛一起大喊,把水淋在了自己的身上,捂着口鼻跑进柴房,看到彭众正抱着兔子跌坐在地上。

二人合力将彭众拉了出来,此时彭众的脸已被烟熏黑,一只手、一侧大腿已被火烧伤。

严琳赶紧拨打119和120,又呼喊附近的村民过来救火。

附近的村民很快赶来,大家拿着水桶,提着一桶桶水往火上浇,消防车、救护车赶到的时候,火已经基本被扑灭。

幸运的是,除柴房外,周围的绿树、建筑未受大的损伤;不幸的是,柴房被烧光了,彭众受伤了。

救护车赶到后医护人员立刻将彭众送往镇上的医院,黄瑛随车一起前往。

待火全部被扑灭,严琳才感到掌心一阵刺痛,她低头看向自己的手心,大大的水泡已经被磨破了,看起来血肉模糊。

"你受伤了,我送你去医院。"李月莲见严琳手上有伤,开车将严琳送往医院包扎。

程晨和蓝相谊得知消息后也第一时间赶往医院,他们在手术室门口看到了严琳。在医院包扎好手上的伤口后,严琳便守在手术室门外,彭众正在做清创手术。

"程书记、蓝乡长,你们来了……"严琳随后将事发经过和彭众受伤的情况告诉了两人,她很是自责,"是我没注意,如果我仔细点,这次意外就不会发生了。"

程晨看到严琳手上有伤,有些担心,得知并无大碍后才放下心来,问她:"你有没有跟他发生冲突?有没有言语过激的地方?"

"没有,真的没有。"严琳摇头。

"嗯,事发经过我们明白了,你也受伤了,要好好休息。"程晨和蓝相谊让严琳好好休息,随即又赶着去见彭众的妻子黄瑛。黄瑛被吓坏了,本来她一直守在手术室门口,严琳来后让她先回病房休息了。

手术结束后,彭众被送回病房,严琳这才放下心来。但她根本就没时间休息,忙着赶回村里处理后续的事情。

这次事故受到了上级相关部门的关注,经调查,认定这次事故为意外,严琳并无责任,但严琳的身心仍遭到了重创,她还是忧心忡忡的,经常夜不能寐。她试着寻找排解情绪的办法,希望自己可以尽快调整好心情。

## 第十二章 不虚此行

历时六年建设的衢宁铁路全线贯通了,铁路穿同尘乡而过,同尘乡火车站建在了庙贤村村口,村民们以后出行就更方便了。

火车站建成后,程晨、蓝相谊和钟一鸣、严琳一起去火车站走了一圈。

"十年前让我想,我一定想不到我们乡还会有火车站!"蓝相谊感慨道,"从浙江衢州到福建宁德的火车,穿越崇山峻岭,建设难度极高。衢宁铁路通车后,让沿线很多山区县结束了不通火车的历史。"

"以后有机会可以带家人坐火车去宁德旅游,霞浦北岐滩涂的日落太美了。"蓝相谊提到了铁路通往的另一侧的城市。

"我想到的是海带、紫菜、海鲜。"严琳笑着说道,"山那边连着海……"

"我要打电话给我福建的朋友,让他们坐火车来我们村,看看我们的山。"钟一鸣接话道,"你说他们会有何感受?"

"在那山的那边海的那边有一群蓝精灵,他们活泼又聪明,他们调皮又灵敏,他们自由自在生活在那绿色的大森林……"严琳忽然唱起歌来,俏皮地表示,"我们就是蓝精灵呀。"

"我们畲族蓝姓的很多,他们自称是'山哈',他们身上很多特点确实很符合蓝精灵的特质。"蓝相谊笑着说。

"你们想象力真丰富,提到宁德,我第一时间想到的就是宁德时代,它是电池和新能源龙头企业,我很看好新能源产业发展。"程晨则提到了一家蓬勃发展的企业——宁德时代。

"要是我们同尘乡也有宁德时代,那我们也起飞了。"钟一鸣感慨道。

"确实,要是浙江有这么一家企业,那全省的产业都可以实现跃升。"程晨指正,"这种机遇可遇不可求,我们还是踏踏实实,像这货运火车一样,一点点地把资源联动起来,引进并用好资源,挖掘同尘乡的潜力。"

前方的高架铁路上,一辆蓝色的运煤火车从山洞里钻出,呼啸而过,奔向更深处的山谷。

"拆违工作圆满结束,民风整顿之后,同尘乡的精神建设也好起来了,接下来我们要为同尘乡的经济发展全力以赴。"程晨壮怀激烈,对着严琳和钟一鸣说道,"有想法的提想法,有困难的解决困难,大家对你们的期望很大,溪美村和庙贤村要各自找到一条特色的高质量发展之路。"

钟一鸣、严琳连连点头，对此表示赞同，责任在肩，他们要全力以赴。

"我这周要去杭州出差，去浙大城乡规划设计研究院拜访专家，听取他们对于村庄空间规划设计的意见。钟书记如果在杭州的话，跟我一起过去。"程晨提到了出差计划。

"没问题！这么好的学习机会，我一定珍惜。"钟一鸣想也没想，便答应下来。他的妻子、儿子住在杭州，他每隔一段时间便会回去看看他们。

"我这次另有任务，就不去了。"严琳也想去杭州，可她有接待任务，惋惜道，"等下次有机会我再去学习。"

"庙贤村之前已经做过相对完善的规划，关键看落实。下次去杭州，大概率会是去找投资谈合作的，你可要做好准备。"程晨笑着对严琳说。

"随时待命，辛苦程书记抓紧给我也安排上。"严琳强烈要求。

钟一鸣出发去杭州前，遇到了一件让他挂心的事，罗高亮来找他了。

"钟书记，我家老房子门口的灶台都拆了，柴铺也拆了，现在我们又搬回新家酿酒了，没地方做窖藏酒了……"罗高亮汇报自己的情况。

"理解，有诉求直说，不必拐弯抹角。你是想找个地方藏酒吧？"钟一鸣猜想。

"是的，但不是随便什么地方都行，窖藏三年，酒是不能动的，一动味道就散了。"罗高亮解释。

"那你是想找个固定地方做窖藏室,找好了吗?"钟一鸣追问。

"就在我家后山。"罗高亮打着算盘说道,"我和小柔商量好了,我家屋后是自留山,我们准备沿我们家后院挖过去,挖个地下酒窖出来。"

钟一鸣闻言惊愕不已,劝说道:"你们的想法真是大胆,这需要林业等部门和村集体审批,而且花费也不低吧。"

"我们一定会遵守相关法律规定和程序,钟书记放心。"罗高亮笃定表示,随即话锋一转,"现在需要帮忙解决的,确实是资金,我们前期准备挖二十平方米出来,还要适当扩产,预算在二十万左右。"罗高亮挠头说道:"如今我也没钱了,我想贷款,您能不能帮我做个担保?"

"二十万不算高,消费贷都可以,何况你是投资扩产,不能直接贷款吗?"钟一鸣疑惑。

"我是农民,没有商品房做抵押,去银行贷款,银行让我找担保,说没有担保不给我贷。"罗高亮很无奈。

"行,这次我帮你担保。"钟一鸣愿意做担保人。

"钟书记,你可真是大好人。"见钟一鸣同意了,罗高亮惊喜不已。

"少拍马屁了,对了,你们最近酒酿得怎么样了?"

"已经有客户向我们订了二百斤窖藏薏米酒。薏米都是从贵州那边买的,费用有点高。"罗高亮遗憾地表示,可他又满怀憧憬说道,"钟书记,下一步我准备承包地,让大伙种薏米。"

"我们村的田地大部分都被周王俊承包了,你要种薏米,得找他流转。"钟一鸣提醒道。

"哎!"罗高亮直拍大腿,"他承包了田地,前两年还说要种铁皮石斛,跟我们吹那是软黄金,结果石斛没种,种了一年稻谷。这两年他找到更好的赚钱门路,去贩卖沙子了,地也不种,干脆放任荒着了。他这人占着茅坑不拉屎,让溪美村近百亩土地荒着,多可惜。"

"这个事,我和连蓝乡长也商量过。"钟一鸣也对此很不满,他分析了其中原因,"可地被周王俊承包了五年,能有什么办法。当初他种铁皮石斛,是想种在衢宁铁路规划线路上,能得到补贴,结果铁路改道了,所以这地就荒着了。"

"行,我知道了,我准备找他谈谈看。这个事,还请钟书记帮我牵个线啊。"

"实在不巧,我得先去杭州一趟,现在要走了。"钟一鸣看看手表,差不多该出发了,他并非推脱,而是确有要事在身,"等我回来,再帮你解决。"

"这……那我也不耽误你时间了,等你回来,我再来找你啊。"

钟一鸣开车去往杭州的路上,一直在思考罗高亮遇到的困境:农民创业贷款难,该如何解决?农民土地被人承包之后,经营不善,又该如何产生更好的效益呢?

钟一鸣到杭州后,驾车前往浙大城乡规划设计研究院,出乎他意料的是,除了程晨,他还见到了三位老熟人。

"程书记。"钟一鸣和程晨打完招呼,又和三位老朋友打招呼,"老陈、老雷、老古,你们也在啊!"

这三位老朋友是双灵村村支书陈爱军、江左村村支书雷金宝和沐尘村村支书古啸天。

"是啊。听闻程书记要来城乡规划设计研究院，我们也不想错过这个学习的机会。"雷金宝表示。

"我们双灵村、江左村和沐尘村有不少古建筑，老街、宝塔都有，又有河景，可以说人文和自然景观都绝佳，有利于开发，想来听听专家的意见！"陈爱军又问钟一鸣，"你是因为家在杭州，顺道过来的吗？"

"我是特意来听听专家对村庄整体空间规划设计的意见，看看新农村建设案例。"钟一鸣解释。

"我们都是来学习的，听说这次给我们讲课的施展教授是非常有学问的，大家既然来了，那就得抓住机会好好学习。"古啸天提醒道。

施展教授确实是乡村建设方面的权威专家，他主持了多个国家课题，除了理论知识丰富，在实践方面也有很多经验，收集了诸多乡村建设经典案例。

到场落座后，施展亲切地问候大家："各位远道而来，是我的荣幸。我之前就听程晨说过你们同尘乡的情况，现在想再听听各位村支书介绍一下你们村的情况以及发展规划。"

"我先来吧。"陈爱军第一个说，他认真地介绍了双灵村的情况，还提出了想修河边别墅的想法。

紧接着，雷金宝也详细地介绍了江左村的情况，他提到了宝塔的历史，从明代初建宝塔讲到了抗战时期宝塔被日军轰炸以及后来的重修，他想请教的是：如何利用江左村的人文历史资源，将江左村建设得更好？

之后，沐尘村村支书古啸天介绍沐尘村的情况，他重点强调了沐尘村的区位优势和明代老街的价值，他想请教的问题是：通过哪些改造可以让老街更具现代功能？如何让老街的商业开发进展更快一些？

最后轮到钟一鸣，他简洁地介绍了溪美村的情况后，也指出了溪美村的不足，并提出了自己的疑问："我们村既没有河景也没有名胜古迹，但风景秀丽，是少数民族聚居地，还有稻田和山林。像我们这样的村庄，该如何在保留原貌的基础上，创造收益和价值呢？"

"你们提的问题我都记下来了。"施展一边听一边在笔记本上记下了各个村的情况，"关于乡村规划，现在有两个发展方向，大家可以考虑。一个是'多规合一'，一个是'未来乡村'。你们听说过吗？"

几位村干部都点点头，这两个概念他们之前听过，但是从来没有想过同尘乡可以往这两个发展方向努力。

"'多规合一'我知道，简单来说就是一个县一体规划、一张蓝图，县委和县政府、县自然资源和规划局、县生态环境局、县住房和城乡建设局的有关人员坐在一起讨论，讨论出来怎么搞就怎么搞。"雷金宝说出他的理解。

"这位村支书说的大致是对的。"施展肯定了雷金宝的说法，他又提到，"要做好'多规合一'，除了你们提到的部门，还要叫上县科技局的专家一起探讨。"

"我带你们看看我们这边的案例，有最初的规划效果图和目前的发展情况介绍。"施展带着一群人进了展厅。

"这是宁波镇海的一个案例，这个村目前有条以月季花为主题的旅游线路，就在河畔，河边上还建了咖啡屋、露营基地等，年轻人很喜欢。"

"我们下次有机会去这个村实地考察。我们龙游跟镇海是山海协作对口县区。"程晨说道。

"除了原有的村民，他们村还来了很多'新乡人'。目前，村里有餐厅、连锁超市、电影院、洗车场，很方便，很多人已经留在那定居，也有很多人被吸引着留下来创业。"施展告诉大家。

"确实是让人向往的理想生活，产业也很齐全，这已经不能算是乡村了。"钟一鸣感慨。

"这就是未来乡村的初步模样。"施展继续介绍，"未来乡村是浙江为持续深化'千村示范、万村整治'工程，从'三化九场景'切入，通过人本化、生态化、数字化建设未来产业场景、未来风貌场景、未来文化场景、未来邻里场景、未来健康场景、未来低碳场景、未来交通场景、未来智慧场景、未来治理场景等。"

"这是一个发展方向。"程晨认真听着，"我们同尘乡要以打造未来乡村为目标，照着这个方向规划与发展。"

之后，施展又针对性地为每个村庄的发展规划提出建议，细致地解答了大家的疑问。

告别施展后，几位村支书在城乡规划设计研究院的凉亭里坐下，一起商议村庄发展的事，阐述各自对未来乡村的看法。

"程书记，搞未来乡村是个不错的发展方向，如果省里、县里能多点支持，那就好了。"陈爱军说道。

程晨一直在思考未来乡村的概念可以和同尘乡哪些方面相结合，当初蓝相谊告诉他的"一江金矿，两带两区，三个十里"的十二字发展方针，似乎有变动的可能，同尘乡会有新的发展方向。

"程书记，你说呢?"陈爱军见程晨走神，提醒他道。

"没错，支持是必须要去争取的。"程晨对此表示赞同，他又看着钟一鸣说，"有一件事我刚才没有说，在这要恭喜溪美村，拿到了县住房和城乡建设局一百八十万元的省级美丽宜居示范村项目补助。"

"厉害啊，一鸣，闷声干大事啊。"雷金宝一脸羡慕。

"不稀奇，一鸣工作做得很细致，现在他们村每家每户环境都很好，哪是我们可以比的。"陈爱军爆料。

"你们说的都是小细节，从大的方面来说，我们溪美村最关键的是做好了民风整顿和拆违建工作，让民风变淳朴了、乡村变美好了。"钟一鸣实事求是地说。

"属实优秀。"古啸天鼓掌称赞，"那拿了一百八十万，这笔钱准备怎么花?"

"这个成绩是全体村民共同努力才拿到的，应分给村民的部分全部给村民，另一部分，准备流转农田，搞经营。"钟一鸣心里已有盘算。

程晨在省城出差，蓝相谊则在同尘乡迎接远道而来的客人，农林专家吴宗林从叙永支援回来了。

"吴老，辛苦辛苦，好久不见。"蓝相谊紧紧握住吴宗林的手，见到了老朋友，他极为高兴。

"小半年了，我总算完成使命回来啦。"吴宗林笑呵呵地说道。

"听闻苦竹改良成功了，恭喜你！"蓝相谊虽然离开叙永了，但是一直关注那边的消息。

"摸到门道，不就是水到渠成的事嘛。"吴宗林淡然说道，"只能说，东西协作路上，你我不虚此行。"

"不虚此行，这个说法真好。"蓝相谊感叹道。

吴宗林想到正事，催促蓝相谊："不是说要带我去庙贤村看看竹山吗？还不快去。"

"您老可真是一刻都闲不住啊，那咱们现在就上山去。"蓝相谊说完，与吴宗林一起前往庙贤村。

严琳早就在村口等候蓝相谊和吴宗林的到来，见到吴宗林之后，她一路向吴宗林问长问短。

"吴老，您是怎么改良叙永苦笋的，到时候也帮我们改良一下。"严琳笑着说。

"你们庙贤村的笋产量，在全国都是能排前列的，这还让我怎么改进？这个笋产量受很多因素影响，跟水稻不能比。"吴宗林笑着回应，他又透露道，"其实叙永苦笋改良，也是受咱们这里的竹笋培育思路的启发。咱们多年来深耕竹笋产业，尤其是雷竹覆盖技术已比较成熟，我就想把它运用到苦竹种植上来。你也知道，我们都要在挖完笋后覆盖砻糠和稻草，对不对？"

"是啊，确实如此。"严琳跟着外公、父亲上山挖过笋，对此还是有所知晓的，"我爸说，笋适合在阴暗的环境生长，最好遮遮阴，把笋藏好了，如果晒太阳了反而不好吃。还要有一定温度，让它能茁壮成长，温度太低，笋不易萌发，长得也不大。"

吴宗林点点头道："没错，既要遮阴又要保证温度。叙永稻田少，砻糠和稻草不好找，如果去外地采购，成本又太高。有一次，我下乡的时候发现，有个村民从竹制品厂搜集了一堆竹屑，准备用来作为食用菌培育基质。我把手伸进竹屑堆，发现里面温热。于是，我就想到用竹屑代替砻糠和稻草作为覆盖材料，经过反复试验，最后终于成功了。"

"好机智的办法，可惜我们搜集的竹屑，大部分都用来引火了。"严琳感慨道，"还是智慧不足。"

"各有智慧，咱们这边条件相对好点，笋竹给肥也给得足，就没那么多讲究。"

他们三人又往前走去，马路边上有条清澈的小溪，另一侧有低矮的厂房。

"这里以前是碳化篾加工厂，现在都改成来料加工厂了。"严琳介绍道。

行经一处厂房，吴宗林走进去探访。

"这个坏老头子又过来了！"有个中年女性在做绢花，见到了吴宗林竟然大声开骂。

"阿美姐，你可别这么说，吴老为我们村出了很大的力。"严琳面露难色，未曾想到村民竟对吴宗林有如此怨念。

"没事。"嘴上虽然说没事，但吴宗林心里还是有些许失落。他走进了厂房后面的一块空地，空地上有四五个正正方方的面积十五平方米左右的水泥池。他走近一看，池中一条鱼忽然蹦了上来，着实吓了他一跳。

"这是之前的碳化篾池，现在养鱼了？"吴宗林问道。

"是啊，这里养的是清水鱼，准备卖给龙游的餐馆。几家原来的拉丝厂，都把淘汰了的碳化篾池拿来养鱼了。"严琳说道。

"这个主意好。"吴老连连夸赞。

在八年前，庙贤村的支柱产业是竹制品加工业，全村有大大小小几十家拉丝厂，主业是碳化篾、水煮篾加工，为附近的不少村民提供了就业机会。

吴宗林作为专家，在当时提出了碳化篾、水煮篾加工产生的水污染问题："灵山江的水本来很清，从水库流出来后，到庙贤村就变黄了，鱼也被毒死了。而且碳化篾、水煮篾加工也存在健康隐患，长期接触化学药水的人，头发都是黄色的，像染色一样……"

吴宗林组织人员专门对碳化篾、水煮篾加工的生产现状及污染情况进行调查研究，并形成调查报告，提供给政府部门参考。几年后，县委和县政府决定全面关停碳化篾、水煮篾加工企业，庙贤村的水资源由此得到改善，水清了，山绿了。

之后，庙贤村就只剩下几家竹制品加工企业，不少村民把气撒到了吴宗林身上，认为是他砸了大家的饭碗，阿美便是其中之一。殊不知，吴宗林又提出了发展笋竹加工产业的建议，庙贤村的笋竹加工产业，如笋罐头生产加工、竹工艺品生产，就是在之后发展起来的。

蓝相谊和严琳又带着吴宗林去了一家竹制品加工厂。吴宗林走近后，老板林小光一眼便认出了他，他激动地握住吴宗林的手："吴教授，多年不见，我还一直记得您当初对我的指导。"

当年，林小光刚创业，厂房已经搭好，还没进机器，就面临拉丝厂要停工的风险，他找吴宗林讨要说法："厂子不给办了，我的钱都投进去了，怎么办？"

"年轻人，你的厂房还可以保留，碳化篾、水煮篾的机器设备没有进，这未尝不是好事，就看你愿不愿意求变了。现在可以做竹制品的深度加工，这才是出路。"

吴宗林不但给出建议，还带林小光去竹制品交流会，帮他谈合作，让他得以顺利渡过难关。

最开始，林小光做竹子鸟笼，产品颇受欢迎，后来市场不景气，他又改做其他竹制品。

"你现在做的是什么？"吴宗林见机器产出一个个大小均等的小竹棒，很是好奇。"

"现在在做冰棍棒呢，做小棒冰用的。"林小光表示，"很干净很环保，毕竟是放嘴巴里的东西。"

"一根能赚多少钱？"吴宗林继续追问。

"每根赚五分钱，烫字的赚六分钱，每天最多能加工九吨毛竹丝条，年加工三万多吨。"

"现在的竹制品加工厂，都生产竹工艺品了，重在深加工，而不是像原来一样卖拉丝、卖碳化篾这些初加工的竹制品，大家都明白发展之路在哪里。"蓝相谊有感而发。

"关闭小的污染重的粗放型企业,保留大的污染少的集约型企业,加强环境保护,这才是长远的发展之路,毕竟绿水青山就是金山银山。"吴宗林连连点头。

"最近,我们在与一家大型开发集团洽谈合作的事宜,想要建设一个大型竹产业园区,其中有一些合作细节,还请吴老您给点建议。"蓝相谊找吴宗林探讨的事,可是一件牵连甚广的大事。

严琳在一旁听着,对庙闲村的发展充满期待。

## 第十三章
## 奔向星辰

往常，村委会给村民发征地赔偿款、拆迁赔偿款时，通常都会从中抽取工作经费，真正发到农户手上的只少不多，可这次拿到补助款后，钟一鸣把应分给村民的钱都分给了村民，一分不少。

钟一鸣把钱递给蓝土根的时候，蓝土根想到一开始自己反对拆违，不好意思地说道："我不是一个好组长，做得有点糟糕。"

"你们小组的拆违建工作进展得很顺利，你怎么不是一个好组长呢？"

听到钟一鸣这样说，蓝土根腼腆地笑了。

"土根，我问你一个问题，你家的粮食每年收多少，够不够吃？"钟一鸣看着蓝土根家院子里晒的稻谷，问道。

"我家每年能产八百多斤稻谷，儿子、女儿又不在家，就我跟我老婆两个人，根本吃不完，我家的谷仓都堆满了，新粮每年能卖出两百斤,现在全家还在吃去年的陈粮。"蓝土根如实回答。

"那你完全没有必要种那么多,人也辛苦。"

"不种就浪费了,让地荒着我心里不踏实。我家每年都会种一季油菜,种一季晚稻。"蓝土根解释道。

"油菜榨的油够吃吧?我记得我还从你那买过几十斤油呢!"钟一鸣又问起油菜的种植情况。

"够!去年榨的油都还没吃完呢。"

"我了解了,那如果有人愿意管理你们的农田,承包一部分种水果和薏米,获得的收益比你自己种田收益高,你愿意出租部分田地出去吗?"钟一鸣问道。

"愿意呀。"蓝土根想都没想,直接点头。

"看来这个事确实可以搞。"得到肯定的答复,钟一鸣心里有了底,他准备着手推进土地流转的事情。

之后,钟一鸣又来到蓝水友家里,他给蓝水友递钱的时候,对方也是神色复杂,一声不吭,接过了钱。

钟一鸣说:"水友呀,我知道你想把老房子重新翻修,我可以借你五万块,不限期归还,加上补助款,应该够你翻修房子了。"

"钟书记……我……"蓝水友目光闪烁,欲言又止。

钟一鸣知道他老实内向,也不催促,等着他说完。

"我对不住你。那封举报信是我写的!"半晌,蓝水友下定决心说道。他家的违建拆除之后,他一直郁闷,之后他在周王俊的煽动下,写了一封举报钟一鸣的信。

蓝水友懊悔不已:"对不起钟书记,是我害你被调查,害你连养猪场也拆了……"

钟一鸣这才知道,原来他当书记后遇到的那次大危机,竟然是因为蓝水友。

"都过去了。"钟一鸣淡淡地说了一句。

"钟书记,我还能做些什么帮你挽回些损失?"蓝水友急切地说道,他希望弥补过错,"我可以去县政府跟他们说清楚情况。"

钟一鸣摇摇头说:"不必了,这件事已经过去了,你不用总是放在心上。对了,你把房子修好后,有空的时候,可以来村委画画,我记得你以前就喜欢画画。"钟一鸣知道蓝水友颇有艺术天赋,可惜为了生活,他早已放下画笔。

看蓝水友的表情有些不解,钟一鸣接着说道:"我有个朋友是省作协的,她告诉我,现在要挖掘乡村的人才,乡村诗人、乡村作家、乡村画家等都是宣传乡村的金名片。你画画好,如果村里有人愿意学,就让他们跟着你学,到时我们在村委会门口办个农民画展。"

"我可以试试看。"蓝水友决定尝试接受这一任务。

钟一鸣给周王俊送钱时,周王俊倒是大方接受,钟一鸣借机跟他提到了土地流转的事。

"有个事跟你商量一下,你在村里承包了百亩田,按照约定是要种稻的,今年没看你把稻子种下去。现在沿路进村,看到的都是荒地,多可惜。"钟一鸣提到了问题所在。

"生意不好做啊,种下去要雇人管理,目前没有这个预算。"周王俊明摆着要"摆烂"。

"能流转回村里吗?"钟一鸣问道。

"也不是不行。"周王俊做思考状,实际心里已有了打算,"我也不用你们补我租金,你们接下来要种什么,我就拿分红好了。"

"据我所知,你承包的是五年期,现在已经过了三年,如果我们种植的作物是三年熟,你不是一分钱都拿不到?"钟一鸣反问。

"你们不会种三年熟的作物,村集体产业,大家可没耐心等那么久。"停顿了一下,周王俊又说,"你们要种薏米是吧?"

"看来罗高亮已经跟你谈过了。我自己调研分析,更倾向于种植红心猕猴桃,但要三至四年才能挂果。"钟一鸣说出了他的想法。

"种猕猴桃要搞藤架,也不方便的。"周王俊提醒道。

"回头我跟村委会商量商量,你想分红这个提议我也会提。"钟一鸣和周王俊做了君子约定。

钟一鸣知道,打破溪美村人人种地、自给自足的小农经济常态,把土地流转起来,发展集体经济,给村民创富,这是溪美村发展的必由之路。

为了解决村民遇到的贷款难题,钟一鸣依约去了一趟县里的银行,见到了银行行长赵平峰。

"钟书记,听说你要贷款两千万,真是不出手则已,一出手惊人呐。"赵平峰见了"大主顾",乐呵呵地说。

"等等,我说的这个两千万可不是你想的两千万。"钟一鸣解释道,"我们村有一千多人,现在有两百人跟我反映想要贷款,每个人都想贷至少十万,不就是两千万了吗?可问题是,他们贷款贷不出来啊。"

"这……原来是这么回事。"赵平峰立马冷下脸,"钟书记,你是不知道,现在放贷审核严格,我们也不敢乱来。这些都是银行的规定,无固定工作的农民,要抵押担保才能借款,这个是免不了的。我们是商业银行,要根据个人风险承受能力进行放贷,能不能贷,能贷多少,都跟个人承受风险能力有关。"

"你说抵押贷款,那农民的房子、粮食,怎么就不能抵押呢?"钟一鸣对抵押方式提出疑问。

"这……"赵平峰一时语塞。

"据我了解,有些城市的银行已经推出了农户小额信用贷款,农民只要有劳动能力,有收入来源,信用记录良好,无违法犯罪行为,就可以申请贷款,不用抵押担保。"钟一鸣显然是有备而来,他来之前进行过细致的调研。

"我们这边目前还没有这种贷款类型。"赵平峰无奈,"不过也在极力推进了,总要有个过程嘛。"

"你得尽快去推进。"钟一鸣有些着急。

"我也只能尽力而为,这个事,还要跟总行商量,还需得到政府支持。这不是一个简单的金融产品,而是一个涉及方方面面的系统工程,包括各方的协调、政策的制定、具体的落实,急不来的。"赵平峰说出事情的复杂性和难处。

"我也会跟我们乡的领导说说这个事,让他们也想想办法。"钟一鸣表示。

"好,此事还是需要各方共同努力推进,才能落实到位。"赵平峰点头道。

钟一鸣又提到了此行的另一目的："对了，赵行长，我们这边有个村民要酿酒，想贷二十万，我做担保，这个没有问题吧。"

"没有，没有，有您担保，保证妥当。"赵平峰爽快答应。之前钟一鸣做生意时经常与银行有业务往来，钟一鸣可是他的大客户，有钟一鸣做担保，赵平峰很放心。

"谢谢赵行长，那我就先回去等您好消息了。"钟一鸣与赵平峰握握手，起身离开了。

通往绿春湖的索道修建好了，上绿春湖的时间大大缩短，一时间游客络绎不绝。

蓝相谊、程晨、严琳陪同县相关部门领导一起坐缆车上山视察。严琳和程晨坐在一个缆车里，这是严琳第一次坐缆车，缆车开动，她便手心冒汗。

缆车离地面越来越远，连绵不绝的山上有白云飘荡，人似悬于一根钢丝上被快速地吊着走，严琳觉得自己真当是"命悬一线"，有种眩晕感。

"别紧张，很快就到了，不到两千米，就十几分钟的时间。"程晨低沉的声音在她耳边响起。

严琳不敢再张望，只好闭上眼睛。到达目的地，缆车停止时，严琳悬着的心才终于放下来。

"你是不是也怕坐飞机？"走出缆车，程晨问她。

"我没坐过飞机，我去北京都是坐高铁的。"严琳据实告知。

"你们村也很高,你怎么就不害怕?"程晨疑惑。

"只要脚在地面上,我都可以,我怕的是脚离开地面。"严琳解释道。

"你不必太在意,有很多人恐高的。"程晨的黑框眼镜下,一双眼睛似笑非笑地看着严琳。

严琳不禁心跳快了一拍,心率又有些不正常了。

"快走吧,大家都在前面呢。"程晨提醒严琳。

严琳这才回过神来,龙游县副县长与文化和广电旅游体育局局长、同尘乡蓝乡长等人都走到她前面了,她作为东道主,竟失了待客之道。

严琳加快脚步,赶上了大家,引着他们走上百转千回的回廊。

沿着蜿蜒的回廊往上走,几人终至山顶。山顶上的湖泊有着蓝绿色的湖水,像是一枚天然宝石,在太阳下闪闪发光,光彩夺目,美不胜收。

一行人站立在山巅,仰首便见太阳似近在咫尺,俯瞰发现丝丝云雾在脚下飘荡,强风吹拂过后,竹林间翻涌出一层层绿色的波浪,眺望远处,便见整个同尘乡,还有那条玉带一样的河流,美得宛如一幅油画。

"此情此景,真是让人心旷神怡啊!"众人感叹道。

"会当凌绝顶,一览众山小。"蓝相谊想到了杜甫写的《望岳》。

"黄鹤一去不复返,白云千载空悠悠。"程晨想到的是崔颢的《黄鹤楼》。

"无边落木萧萧下,不尽长江滚滚来。"严琳想到了杜甫的《登高》，觉得恰合乎此情此景。

"山顶上景色壮丽，确实容易引人登高抒怀。程书记、蓝乡长、严书记，你们都有雄心壮志，可要加紧搞旅游开发啊，这么得天独厚的环境，这么好的政策支持，我相信绿春湖很快会成为我们县的旅游新热点。"县领导对此地风景赞不绝口，催促加快旅游开发进度。

"现在民宿、酒店等配套都在陆续修建，有不少已经投入运营了。"严琳说道。

"既要考虑完善硬件，也要考虑提升相关的服务水平，细节到不到位，关乎景点口碑，不能有任何差池。"县领导提醒道。

严琳连连点头，把各位领导提到的相关事项都记了下来。提升服务水平和加强宣传，就是她下一步工作的重点。

庙贤村一直面临一个问题——人口流出严重。五年前，庙贤村有两千多人，三年前是一千多人，而今只有五百余人，是同尘乡人口最少的村。庙贤村海拔高，村民下山买东西很不方便，大部分村民都盼望搬迁。因为建设绿春湖景区，不少村民拿到征地补偿款后，就去县城买房了。

原以为景区索道通了，交通改善，再加上开发旅游产业，村民有了工作机会，会更愿意留在村中，可结果却并非如此。

陪县领导视察完绿春湖，回家时，严琳经过张玉家门口，发现她家门口乱七八糟地摆放着家具，便随口一问："张婶，你这家具拿出来是要清洗吗？"

"还清洗什么？直接送人啊，根莲说要，我准备送给她。"

"你不要了？看起来还挺好的，要换新的？"严琳疑问。

"这里我们不打算常住了，所以想清理掉一部分家具。梦洁给我们在城里买了房子，我们准备搬到城里去住了。"张玉的话中有掩饰不住的炫耀之意，"城里多好啊，你想想住这里多不方便。平时自己种点菜不用买还好，要是想去买点其他菜，还得下山，这一去一回，半天工夫就没了。我们不比城里人，图新鲜去爬山，这山都看腻了，现在想下山去逛个街，都没人愿意去，人懒呐，一个个都嫌山路难走。这些还是其次的，最怕的是死在山里都没人晓得。上次老泥头在山上摔了，山都下不来，为了抬他下山，村里很多男的都帮忙了，送到县医院就花了一天工夫，再晚点就出人命了。"张玉细数了住在庙贤村的种种不便。

严琳仔细听着，张玉说的是事实，村民们面临的情况确实如此，但她还是试着劝说："我相信接下来大家的生活会越来越好的。"

"以后我们还是会回来的，每年当来旅游一样回来看看。"张玉笑着说道，看得出来，她对于能离开村里是很高兴的。

回到家，吃晚饭的时候，严琳问父母："爸妈，如果能搬去城里，你们愿意去吗？"

"我是想去的，你爸不愿去，他喜欢种地，去城里他不适应。"崔玉娇很直率地表示。

"如果大家都走了，谁留下来建设庙贤村呢？我们村有绿春湖，索道也修好了，上次蓝乡长说正在与一家大集团洽谈合作，建设竹产业园区，产业也非常有前景。"严琳向父母介绍道。

"但是留在山里还是没有前途吧，富在深山无远亲。你在山里，找对象都困难,更别说孩子的教育。现在中心小学在沐尘村,离我们有五公里,谁舍得让孩子刚上一年级就住校?"崔玉娇一直不愿严琳长期留在村里,作为母亲,她有她的顾虑。

"明明是'富在深山有远亲',崔老师,你为什么要擅改古人诗词呢?"严琳反驳道,至于母亲提到的结婚、孩子教育问题,她则无力反驳。

"家里的田地都在,我当然要留下来。"严志勇爽快地表示,"我喜欢种地,这是深入基因的东西,改变不了。"

"还是爸爸跟我一个想法。"严琳很高兴,至少父亲和她的想法是一致的。

夜深人静,严琳睡不着,她穿着睡衣站在阳台上,抬头看向天上的星星陷入深思。能去繁华都市,离开大山,是多少人的愿望呢?又有多少人,像张玉一样,以在城里有一套房为荣呢?

严琳想到自己,之前她也一直抱着这样的想法。可是现在,她坚定地想要留在大山里,因为她想把这片土地建设得更好,她相信,终有一天,那些外出的人会愿意回来。

严琳打开手机相机,拍了一张满天繁星的照片,发到朋友圈,配文:"想飞,想去寻找我的星辰大海。"

发完朋友圈,她便回房睡觉了。

第二天早上醒来,她发现她昨晚发的朋友圈下面有好几条留言,其中一条是程晨的留言:"这是同尘乡离大熊星座最近的地方。"

严琳没想到程晨也知道大熊星座,不禁露出了笑容。

往下看去,有人给她留言,称呼她为"追星星的人"。

看到这几个字,严琳思路豁然开朗。

"追星星的人,不正是一个绝好的旅游项目吗?"她想到了一个提升景区知名度的新方案。

## 第十四章 头雁冬来

罗高亮拿到了贷款,按法定流程顺利开凿了窖藏室,可新的问题又随之出现了。曾小柔趁着秋高气爽做了一批酒曲,晒酒曲时散发出的香味吸引了不少村民前来,可这些人都是只买现成的酒,没有人愿意花三年时间等一坛窖藏的老酒出炉。

除了最早预订的一批窖藏酒,后续再无订单,后继乏力,这个难题困扰着罗高亮和曾小柔。

这天,罗高亮终于想到了办法,他兴奋地对曾小柔说:"我们可以把蓝乡长、钟书记请过来,再请几个我认识的老板,一起办一个封坛大会。再把电视台也请过来,给我们报道一番。"

"我们又不是什么大企业,只是一个山沟沟里的小酒坊,电视台会愿意来吗?"曾小柔觉得罗高亮异想天开。

"别忘了,我们的结合也是东西协作的一个缩影,完全有宣传点呀。"

听到罗高亮的话,曾小柔的脸一下子红了,一向快言快语的她有些不好意思地嗔怪道:"你说什么呢?"

"小柔,我想过了,等明年我便带着你回叙永提亲。"罗高亮向曾小柔表达心意,"我要跟你结婚。"

曾小柔当初愿意随罗高亮来龙游是想和他一起创业,虽然在这些日子的接触中,二人的感情逐渐深厚,但是她觉得现在谈结婚还是太早了些。

曾小柔有些慌张:"你要上门提亲?"

"那当然。为了让你爸妈放心,我要承担起责任,我要和你结婚。"罗高亮眼神炙热,"小柔,你愿意离家千里和我一起创业,跟着我吃苦,委屈你了。"

"不委屈,还不是为了酿酒嘛!"曾小柔并不觉得委屈,但她有自己的担心,"可你要跟我爸妈提亲,我怕他们不同意……"

"不用担心,我能说服他们。如果他们不同意我们在一起,早就过来把你接回去了。"罗高亮倒是不担心。

"就算他们不同意,我也会跟你回来的,我要留在同尘乡和你一起创业。"曾小柔握紧罗高亮的手,她想和罗高亮一起创造未来。

罗高亮把要举办封坛大会的想法告诉了钟一鸣,钟一鸣很支持,他还提出了一些自己的想法。

"我们村有畲族竹竿舞表演队,你可以请他们来跳竹竿舞。"自从不允许聚众赌博后,钟一鸣在村里组织了竹竿舞表演队,号召大家跳竹竿舞,既强身健体,也宣传畲族文化。

这个提议虽然很好，但罗高亮还是觉得有些为难。竹竿舞表演队有十个人，请他们来表演，每个人至少要给一百块钱，加起来就是一千块钱，这可是笔额外的开支。

"到时我们请电视台来报道，这也是宣传溪美村的活动，符合相关奖励政策，请表演队的费用村里可以给你报销。"钟一鸣的一席话，打消了罗高亮的顾虑。

七日后，封坛大会如约举行。罗高亮家中热闹非凡，钟一鸣、蓝相谊、吴宗林和罗高亮请来的朋友们，以及当地日报社和电视台的记者都来了。

在杭州从事古建筑修复工作的傅建安、从事生猪养殖的蓝福盛和工艺品设计师何如珍也被钟一鸣请回乡里，群英荟萃，封坛大会热闹非凡。

"欢迎各位来参加我们的封坛大会，各位的到来，真是蓬荜生辉。都说好酒是藏出来的，我们能在同尘乡，在这山好水好、远离尘嚣的地方，用好水酿好酒，在深山藏好酒，真是一种幸运。"罗高亮兴奋地说道，随后他宣布封坛大会开始。今天他和曾小柔都穿了畲族传统服饰，更显得有仪式感。

众人纷纷鼓掌。紧接着，曾小柔捧上一坛酒，给在场宾客一一满上，她自豪地说道："这是我们今年新酿的酒，请大家尝尝。"

"龙游的山泉水，加上泸州的古法酿造技术，真是天作之合。"蓝相谊连连称赞。

"这酒很香，酒质很清，在我喝过的清香型白酒里排得上名次，非常好喝。"傅建安可是阅酒无数，他给出了很高的评价。

"我女儿今年中考，三年后高考，我先订上一坛，等她考上大学时喝。"蓝福盛很是爽快，当场订下一坛窖藏酒。

在场的几位宾客也纷纷订了窖藏酒。

"下面，我们请吴宗林教授给云山竹酒题字。"蓝相谊掌声邀请吴宗林题字。

吴宗林墨笔一挥，写就的几个大字遒劲有力，潇洒飘逸，颇有大家风范。

"写得太好了，感谢吴老赐墨宝，我要把这几个大字裱起来。"罗高亮连连道谢，他真的很喜欢这几个字。

吴宗林见到罗高亮和曾小柔共同创业，互相扶持，感情深厚，又写下一副对联送给他们："东西协作传真情，美酒结缘缔佳话。"

随后，吴宗林又叮嘱道："你们要好好过日子，高亮要好好对小柔。我在叙永待过三年多，也算是小柔的半个娘家人，小柔要是受委屈，可得告诉我。"

"谢谢吴老，他会对我好的。"曾小柔娇声说道，极是信任罗高亮。

"吴老放心，我绝对不会欺负小柔的。"罗高亮保证道。

"那就好。祝你们长长久久，甜甜蜜蜜。"吴宗林笑眯眯地再次给他们送上祝福。

其他人也纷纷向罗高亮和曾小柔敬酒表示恭喜。

三杯下肚，罗高亮已是脸红头晕，忙说道："要被自家的酒给灌醉了。"

曾小柔酒力比罗高亮好，她拿过罗高亮的酒杯，一饮而尽。然后，她又与在场的众人喝了一轮，一轮下来，仍是面不改色。

"川妹子果然名不虚传！"钟一鸣对曾小柔的酒量佩服之至。

紧接着，竹竿舞表演开始。往日沉迷搓麻将的村民，原本大多身材走样、气色不好，而今因为跳舞，身形都变得紧实，脸上也洋溢着笑容。除了人人在跳，还有一帮可爱的孩子上场表演。

近年，为了弘扬畲族文化，溪美村小学的课间操已经由广播体操改成了畲族竹竿舞，孩子们跳的竹竿舞常常在文艺汇演时获奖。

"溪美村的文艺队伍建设渐渐有模有样了。"蓝相谊夸赞道。

"后续我们还会请专业的老师编排不同的舞蹈，让更多村民参与进来。我们还准备举办农民画展，让同尘乡的美景在村民的画笔下呈现出来。"钟一鸣跟蓝相谊提到他的规划。

"既锻炼了身体，又养成了好习惯，非常好。"蓝相谊连连点头，极为赞许。

封坛大会仪式圆满结束后，罗高亮和曾小柔一起接受了当地媒体的采访。在采访中，他们详细述说了相识相知相恋的过程、创业的初心、酿酒遇到的困难，以及困难是如何解决的，等等。

之后，这段采访在电视里播放了出来，主持人动情地说："东西协作传真情，美酒结缘缔佳话。罗高亮和曾小柔这对在东西协作背景下相知相识相恋的年轻人，既是创业路上的合作伙伴，又是懂得对方的知己。他们从泸州来到衢州，从龙游捧出一碗清酒。这酒香清香悠远，这滋味令人回味无穷，这情谊真切绵长……"

封坛大会结束后，蓝相谊和钟一鸣把傅建安、蓝福盛、何如珍等几位嘉宾请到了夏海家开的农家乐。钟一鸣还叫来了沐尘村的村支书古啸天。

宴席开始后，蓝相谊对大家说："你们几位都是乡贤，目前我们正大力实施'乡贤引聚''头雁回归'工程，鼓励引导人才、资金、项目等向家乡回流，向乡村集聚，为家乡发展作贡献。我们的钟书记就是代表人物，不妨让他来跟大家说说心路历程。"

"我虽然在杭州待了二十多年，可我觉得我本质上还是一个农民，喜欢种花养草，喜欢看山看水。在外摸爬滚打多年，有成功也有失败，虽然忙碌，但内心却感觉空虚，总想着做一些更有意义的事情。"钟一鸣真诚地跟大家说道，"而我回到家乡，不是来扶贫，不是做慈善，而是来创业来打拼的，在这里一样可以施展才华，干出一番事业。"

"一鸣，你的说法我赞同，要是有条件，谁不想回家乡创业呢。"傅建安说道。

"我是一直想回乡开工作室的，奈何没找到合适的地方。"何如珍说出自己遇到的困难。

"文创类的企业可以在沐尘老街设立工作室，还可以向政府申请房租补贴。"蓝相谊说，"今天沐尘村的古啸天书记也在场，他可以详细地跟你们说说。"

何如珍当即来了兴趣，问古啸天："古书记，你跟我说说看，如果我想申请开设计工作室，有哪些政策支持呢？"

古啸天向大家详细介绍了吸引人才的各种优惠政策。

"此外，还有一系列我们正在推进的项目，如十里桃花坞综合体项目、环水库骑行观光赛道体验项目、塔山公园茶博园项目等，欢迎各位带资入股……"蓝相谊拿出提前准备好的资料,上面详细地列了同尘乡的招商项目、招商政策。

大家接过材料翻看,详细询问项目的情况,说着归乡后的想法。

钟一鸣提醒大家:"别光顾着说事,边吃边说。"

"都聊得废寝忘食了。"蓝相谊有些不好意思地笑着说道。

宴席散了后,蓝相谊叮嘱钟一鸣和古啸天要继续推进项目落实,他感慨道:"现在全省上下都在强调做头雁,不仅个人要做头雁,集体也要做头雁。同尘乡的每个村民都要有这种干劲,都要争做头雁。那些飞出去的头雁,要争取让他们回来,带领大家致富。"

钟一鸣和古啸天连连点头,深以为然。

秋高气爽的天气在南方总是短暂的,来自西伯利亚的寒潮来袭,凛冬骤至。

同尘乡海拔高,向来是龙游县最早下雪的地方,今年亦是如此。这不,浙北地区才刚刚飘起小雪,而庙贤村地上的积雪已没过脚踝,挂在竹林间的雪层层叠叠的,像是裹了层棉花。

雪这种玩意,在南方属于稀罕物。南方人爱雪,下雪的时候,人们都是欢乐的,人们愿意抛下燃烧的炉火、温暖的被窝,往冰天雪地里冲。

短时间内,绿春湖上的游客骤然多了起来。很快,不少衢州人的朋友圈都被绿春湖雪景刷屏了。绿春湖上,雾凇皑皑,层林尽染,仙气飘飘,真可谓是人间天宫。

到了周末,越来越多的人自驾前往庙贤村,庙贤村通往绿春湖的路上竟堵起了车。因为这天风雪太大,到了下午,索道已经暂停开放了,可很多人还是不死心,想第二天再上山玩雪。山脚下的几家农家乐已经住满了游客,还有人拿出帐篷和睡袋,准备徒步去山上露营。

"各位游客,因风雪天气有一定危险,请各位游客为了自身安全,不要上山……"严琳和几位村干部套着红马甲,拿着大喇叭,站在路口对准备上山的游客一遍又一遍喊话。

雪还在落,一点也没要停的意思,天逐渐暗了下来。严琳忙完工作回到家时,已接近晚上十点了,她早已精疲力尽。

严琳看到只有母亲在家,便问:"我爸还没回来吗?"

严琳关心在外奔波的父亲。为了防止游客偷偷上山,严志勇带着救援队在山上巡逻,及时排查风险。

"按理说他应该也快回来了。"崔玉娇皱眉说道,"我再给他打个电话,催他赶紧回家。"

崔玉娇打电话给严志勇,可电话中提示对方手机已经关机。崔玉娇又打电话给和严志勇一起上山的人,也无人接听。

母女二人正在焦急之时,严琳的手机响起,是程晨打来的,她赶快接了起来。

挂断电话后,严琳对母亲说:"妈,山上出事了。"

"什么事?"崔玉娇的心提了起来。

"有两名游客偷偷上山,得了失温症,爸爸和叔叔们救了他们,已经带他们下山了。"严琳把刚刚程晨告诉她的情况转述给母亲听。

"人现在怎么样了?"

"送去医院了,没有生命危险。"严琳很是庆幸,"另外,程书记还向我们庙贤村的救援队表示感谢。程书记说之前他不知道还有这样一支救援队伍,他建议把救援队纳入政府救援体系,打造成一支守护十里八乡的专业救援队。对了,老爸的手机没电了,程书记说他已经离开医院,在回家的路上了,让我们不用担心。"

"你爸天天带人操练,现在看来没白练,今天不就神勇了一番吗?"此前,对于严志勇常常拉着村里的男人训练体能,教授救援技巧,崔玉娇没少碎嘴。

这支队伍,最早是为了对抗绿春湖山中时常出没的祸害庄稼的野猪而成立的打猎队,后来,他们不再打野猪,情谊和凝聚力却留了下来。平时大家有组织地进行训练,以应对不时之需,保村寨平安,台风天、下雪天都能见到这支队伍出没的身影,他们组成了庙贤村的野外救援队。

绿春湖景区的雪景刷屏了,失温的游客获救了……总体而言,这是幸运的事。严琳预感到,庙贤村发展的东风要来了。

## 第十五章 重启思路

二〇二一年春节前夕，罗高亮和曾小柔暂停了酿酒工作，回了一趟曾小柔的叙永老家。

他们是开着货车回去的，罗高亮准备趁此机会收购冬笋，趁着冬笋价格好，赚上一笔。

虽然出发之前已经打电话告诉了曾父、曾母他们要回家，但是一路上，曾小柔的心情都很复杂，她既高兴又忐忑，高兴的是能见到父母，忐忑的是怕他们不同意二人的婚事。

罗高亮买了很多礼物带给曾小柔的父母，补品、衣服、水果、龙游发糕，以及他们自己酿的酒。

二人刚到家门口，便遇到了曾父。曾小柔见父亲佝偻着背，戴着小毡帽，似瘦了很多，她红着眼眶叫了声："爸！"

"小柔，你回来了，回来就好，快进屋吧，你妈在屋里等着呢！"

曾父看见女儿，也忍不住眼眶泛红，他又看着罗高亮说道，"高亮，你也进来吧。"

"伯父，您好。"罗高亮点头哈腰打招呼。

"你说你带小柔回来就好了，咋还买那么多东西？"进门后，曾母接过罗高亮的礼物，脸带笑容。

罗高亮连连点头应和："应该的，都是一些吃的喝的，算不得什么。"

家里生着炭火，炖着热菜，香气扑鼻而来，曾小柔一闻便知这是炖土鸡的味道。

"小柔，你在那边生活适应吗？我和你爸一直都很担心你。"曾母拉着曾小柔的手坐下，关切地问。

"挺适应的，那边跟家里差不多，那里的人也爱吃辣、爱喝酒，村里也有很多山，而且高亮的妈妈和奶奶都对我很好。还有，我们真的有在认真创业，你女儿酿的酒都上当地电视台了，当地人都叫我叙永酒娘，叫我小曾师傅。"曾小柔希望父母能放心。

"我看你确实是长胖了不少。"曾母见女儿确实过得不错，也放下心来，"日子过得好就好。"

其实，自曾小柔离开叙永后，曾父、曾母便一直关注着龙游县，尤其是同尘乡的消息，也在电视上看到了采访，得知二人创业的不易，也明白了二人感情的深厚。他们在心里其实早就接受了罗高亮，只是没有和曾小柔明说。虽然他们时常和曾小柔打电话，但是作为父母，仍是免不了担心。如今见到曾小柔气色很好，身体似乎也强壮了不少，便也放心了。

饭桌上，一家人有说有笑，曾父问了很多二人酿酒的事情，曾母则更多关心曾小柔的生活。对于二人的婚事，大家都没有提及。

吃完晚饭后，曾母单独和女儿促膝长谈了一番。

"小柔，你真的要嫁去那么远的地方吗？"曾母没有拐弯抹角，直接说出她最大的顾虑。

听到母亲这么直截了当的话，曾小柔有些不好意思，她没有直接回答，而是说："妈，高亮和他家里人都对我很好，而且同尘乡真的挺好的，那虽然远，但不偏，也不穷，现在乡里的发展越来越好，还有很多大的项目准备做呢！现在的蓝乡长是以前支援过叙永的干部，高亮他们村的村支书以前还是在杭州做生意的大老板，现在也回村带领大家共同富裕了……"曾小柔滔滔不绝地介绍起同尘乡的发展情况，毫不掩饰对同尘乡的喜欢。

曾母听出了她话里的意思，没再多说什么。都说女大不中留，看来他们是留不住这个女儿了。曾母心中虽然不舍，但是也明白女儿有选择自己事业和人生的权利，作为父母，他们能做的，也只能是支持女儿的选择。

第二天，曾父和曾母把罗高亮和曾小柔一起叫到客厅坐下。

曾父问罗高亮："高亮，你和小柔接下来有何打算？"

"伯父、伯母，我会好好照顾小柔的，请你们放心。而且我们会把云山竹酒做强做大，打出名气……"罗高亮说起自己的计划。

"我是问你们两个要不要结婚？"曾母打断了罗高亮。

"当然，我要娶她。"罗高亮连连点头。

"小柔，你同意吗？"曾母看向曾小柔。

"同意什么？"曾小柔还没反应过来。

"伯母问你愿不愿意跟我结婚。"罗高亮提示。

"妈，你答应了？"曾小柔有些不可置信地望着母亲，她之前还担心父母会反对他们的婚事，没想到他们竟然同意了，随即她惊喜地看着罗高亮，"我愿意跟你结婚。"

"要结就赶紧结吧，趁着这次回家把婚结了，把酒席也办了。"曾母又是语出惊人。

"妈，我们没想过这么快就结婚的。"曾小柔虽同意嫁给罗高亮，但没想现在就嫁给他，她打算等事业稳定后再结婚。

"你结婚了我们才能放心，也算是对我们有交代，不然村里还有人说你跟男人跑了呢！你无名无分地在他们村里酿酒，那边没人说闲言碎语吗？"曾母一直担忧这点，她说得极直白。

罗高亮明白曾母的担心，他之前没想到这点，既然曾母现在提出来了，他自然同意："伯父、伯母，感谢你们把小柔交给我。如果结婚，按照你们这边的规矩，我需要做哪些准备？"

"不用准备，我们也不要彩礼。"曾父说。很明显他们夫妻二人对此已经商量过了。

"爸、妈，我现在结婚是不是操之过急？"曾小柔提出了质疑。

"要是现在不结，你也不用跟他再去浙江了，就留在四川吧。"曾父说道。

"结，我们结。"曾小柔目光笃定，她也下定了决心。

晚些时候，罗高亮打电话给母亲，说了曾家提出希望二人尽快结婚的事情。

"会不会太急了？还没正式提亲，会不会不好？"杨小英也顾虑重重，更担心的是礼数不周。

罗高亮解释道："这是小柔父母提出来的，我不遵从，会更不好。这次先在小柔家办酒席，等我们回去后，再在溪美村办一次酒席。"

"需要给你汇多少钱过去？"结婚需要用钱的地方很多，杨小英自然想到了。

"不用，不用。"罗高亮拒绝了，"小柔父母说不要彩礼，何况真需要钱的话，我这也有。"

挂了母亲的电话，罗高亮便和曾小柔商量着筹备婚礼。

婚礼定在十日后，这几天，他们便忙着领结婚证、选婚纱、包喜糖、邀请亲戚朋友……

时间匆忙，需要准备的事情很多，但罗高亮仍为曾小柔准备了一份惊喜。

当他把金光闪闪的戒指拿出来，向曾小柔求婚时，她的眼里闪着惊喜的泪花，嘴上却抱怨道："多浪费钱啊，留着买薏米多好？"

"小柔，现在我手里的钱不多，只够买金戒指，等有钱了，我给你补一个钻戒。"罗高亮将金戒指戴在曾小柔的无名指上。

"我喜欢黄金的，金戒指就很好。"曾小柔温柔地说。

"小柔，你真好！"罗高亮很是感动，握紧她的手，将她揽入怀中。

婚礼之后，罗高亮拉着一车从叙永收购的冬笋，和曾小柔一起回到同尘乡。

这一趟叙永之行，可以说是收获满满，用罗高亮的话说就是："在冬日里感受到了春日的温暖。"

因为疫情防控，程晨响应国家号召，留在同尘乡就地过年，并没有回杭州。蓝相谊本也想留在乡里，可程晨却劝他回家："你都多久没见到女儿了，还不趁着女儿放寒假回家好好团聚。我孑然一身，好说。"

蓝相谊没再推辞，这一年在乡里忙碌，他确实很少回家，快过年了，他也想回家陪陪妻子、女儿。

李宏华一家人也没回家过年，除夕这天，许美萍便叫上他们来自己家中一起吃年夜饭。

她和蓝相谊做了一桌子菜，色香味俱全，再加上云山竹酒，两家人围聚在饭桌前一边看春晚，一边聊天。

"留在外地过年，会不会想家？"蓝相谊关心地问。

"我们还算好的，至少一家人待在一起，很多小年轻一个人在外过年，年夜饭也只有一两个菜，看着怪心酸的。"金四媚说道。

"就地过年每个人可以领取一千块钱的补贴，你们收到了吗？"蓝相谊又问。

"收到了，我和他都有，每个人一千，公司也给我们每个人发了五百，相当于白赚了三千块钱。如果回家，一趟路费还有买东西的钱，也要两千块钱。我们不回家过年，相当于省出来五千块钱。"金四媚早就算得清清楚楚了，虽然她很想念小儿子李一楠和老母亲，但是疫情反复，回家过年确实存在风险，想来想去，他们决定还是不回家了,把省下来的钱寄回家里,又给他们买了礼物寄回去,也算是弥补了一点不能回家的遗憾。

许美萍提议说:"你们有空还可以出去玩一玩,春节期间很多景区是免费开放的。"

"我们也听说了,但是倩倩正处于高中关键时期,假期也有很多功课要做,怕是没时间出去玩了。"金四媚说道。

"对,她这次考得不好,比早樱差了五十名左右。"李宏华说起女儿的成绩有点恨铁不成钢。

"倩倩学习也很努力的,一次考不好不要紧,继续努力下次一定会考好的。"看李倩倩的情绪突然低落,蓝早樱安慰自己的好朋友。

蓝相谊笑着看向两个女孩,问道:"你们有目标了吗?想考什么大学?"

"当然是北京大学。"蓝早樱自信满满表示。

"我也想去北京上大学。"相比蓝早樱,李倩倩显得有些不自信。虽然她考不上北京大学,但是能去北京读大学也是她的梦想。

"加油,明年看你们一起去北京上大学。"蓝相谊鼓励两个孩子。

程晨把假期时间用在了防疫工作上,他既是同尘乡疫情防控的指挥官,也是一名志愿者。

春节期间,高速公路人流量大,是防疫重点。G60高速公路贯通同尘乡,庙贤村村口也有一个高速公路出入口。

除夕这天上午,严琳还在高速公路出入口值守,看到程晨的时候,她很意外。

"程书记，你怎么没回杭州？"

"我选择就地过年。"

"那你的妻子和孩子会想你的呀。"

"我还没结婚呢，来同尘乡之前和女朋友分手了，目前单身。"程晨笑着解释道。

"你女朋友是不愿意跟着你来山沟沟吗？"严琳没想到程晨竟是大龄未婚青年，忍不住问道。

"我们一起读的博士，之后她出国了，我当了公务员，没有结果，就结束了。"程晨简单交代。

"之前我在网上，看有女孩子在帅气的兵哥哥的照片下留言说'为什么没机会和他们谈恋爱，因为优秀的人都上交给国家了'，我觉得你就是那种优秀的人。"严琳见程晨不愿多谈过去的事情，转移话题道。

闻言，程晨也笑弯了眉眼："哈哈，那我就当你是在夸奖我。以后如果有人要给我介绍相亲对象，我就先声明：本人已经上交给国家了……"

"哈哈哈……这个理由不错。"严琳也被逗乐了。

交接班后，程晨和严琳一起离开。严琳见他一人过年很是落寞，便对他说："程书记，去我家过年吧，一起吃年夜饭。"

程晨本想推辞，想了想又接受了严琳的邀请，笑着说道："那我就不客气啦！"

小山村的年味实在是足，鞭炮声此起彼伏，热闹非凡，溪美村村委会前的广场上还有舞龙表演。

金灿灿的一条长龙,时而笔走龙蛇,时而盘旋成团,还时不时往人群里钻,与人群互动,十分活泼。

严琳向程晨提议去看舞龙表演,两人走到舞龙队伍前,恰好此时村民们准备了点心,招呼队员们享用。

舞龙尾的是溪美村的蓝土根,大冬天的,他已是满头大汗。

"舞得真不错!"程晨真心夸赞。

这时,钟一鸣一身黄袍,裹着头巾,走了过来。

"你怎么也在队伍里,我都没发现。"程晨没想到钟一鸣竟然也在舞龙队里。

"我是龙身,你没看到也正常。"钟一鸣笑着回应。

"溪美村有舞龙队伍,这个我倒真不知道。"程晨说道。

"早些年本来有,后来因为人手不够、没收益就暂停了,今年我又把大家召集起来,重新操练起来了。"这支舞龙队在钟一鸣的带领下重新焕发生机,溪美村的文艺队伍又得以壮大。

"如今有收益了吗?能长期坚持下去吗?"程晨又问。

"现在大家生活条件好了,逢年过节,或是谁家有喜事,都愿意请舞龙队,所以收益很不错。"钟一鸣说。

在程晨和钟一鸣说话的时候,严琳一直在旁边为二人拍照。

与钟一鸣聊完,程晨疑惑地问严琳:"给舞龙队拍就行了,怎么拍起我和钟书记来了?"

"我刚刚已经给舞龙队拍很多啦,刚好两位书记也在场,给你们留张特别的合影。我有一个好朋友是个作家,我听说她写了一篇文章,叫《畲乡龙舞再起背后的故事》,正准备联系媒体发布呢,我把刚刚拍的照片传给她作为配图，你们看行吗？"严琳笑着解释道。

"当然可以了！"程晨和钟一鸣异口同声道。

严琳把手机相册打开，把刚刚拍的照片给程晨和钟一鸣看，看着看着，不小心点到了她在绿春湖景区录制的视频。

"绿春湖，带着绿的色彩、春的气息、湖的灵动，像一个美丽的初入尘世的少女，展示在世人面前……"画面中，云海与青山为背景，一个穿着白色汉服、绾着发髻的少女在绿春湖景区漫步，她微笑着面对镜头，饱含感情地介绍绿春湖。

程晨一看这位穿汉服的少女便知她正是严琳。严琳有些不好意思，想关掉视频，程晨却伸手阻止了她，赞赏地说："讲得很好，你接着放。"

"我还没录完，还要修改呢！"严琳面色绯红，不肯答应。

"不要不好意思。"程晨看出严琳的心思，赞许道，"现在有很多县长、局长出镜宣传自己的家乡，宣传效果很好。你能主动出击，自己想到去做这件事，是值得肯定和学习的。"

"对，对！我要是有严书记的颜值和甜美的声音，我也愿意出镜宣传我们溪美村。"钟一鸣笑着说道。

严琳被钟一鸣的话逗笑了，她也不再不好意思，又播放了几段之前录制的视频给程晨和钟一鸣看。

视频里，严琳像邻家小妹一样亲切温柔地介绍，又像是飘飘出尘的仙子将人带入绿春湖的美景中。

"回头我让施玲娜去联系几家媒体，视频发布后，相信会对绿春湖的宣传起到很好的效果。"程晨看完视频后，给予了极高的评价。

"真的可以吗?"严琳有些紧张,但能得到领导的肯定,她的内心又极为欢喜,"我还想再改改文案,再多拍几次。"

"下次再拍,等十里杜鹃和十里荷花盛开的时候,你继续穿汉服出镜。"程晨提议道。

"下次也穿穿我们畲族的民族服饰。"钟一鸣也提议道。

严琳拍视频介绍绿春湖的行为给了钟一鸣很大的启发,他对于如何建设民族风情观光带,有了新的思路。

## 第十六章 竞技耀乡

经过一系列的调研、走访、讨论，开春之后，蓝相谊宣布了同尘乡最新的发展规划，将原先的"一江金矿，两带两区，三个十里"的十二字发展方针修改成"一江两未，三带风光，四个十里"，字数不差，含义却有所不同。

"一江两未"，即一江连接两个未来社区。政府决定对梧桐村和金源村的矿区进行大刀阔斧的改革，矿区部分将建设成"金矿探险旅游区"，而矿区职工宿舍区将建设成"金梧未来社区"；沐尘村将作为未来乡村样板来打造。

"三带风光"中的"三带"除了原先的以江左村和沐尘村为主体的古村落古建筑雅集名胜带、以溪美村为主体的民族风情观光带，还加上了同尘乡携手周围乡镇一起打造的灵山江诗画风光带。

"四个十里"，则是在十里杜鹃、十里荷花、十里桃花的基础上，把十里平湖加了上去。

规划更改之后，几家欢喜几家愁。反对最激烈的便是矿区的中层领导，矿区的生产副矿长朱立峰来到蓝相谊的办公室，怒气冲冲地说道："蓝乡长，你们要把矿区改造成探险旅游区，这还怎么开矿？是想让我们集体失业是吧？"

"朱矿长，你可以查看国内的相关报道，不少矿区也对外开放，进行旅游开发。"蓝相谊不卑不亢，对他摆事实讲道理，"朱副矿长如此抗拒矿区旅游开发，是对相关政策不甚熟悉，还是另有担忧？"

"什么金梧未来社区，明明就是职工宿舍。现在要造未来社区了，大拆大建，是想另外安排我们员工住宿吗？这可不是我提出异议，是大部分矿工都担忧啊！"

"改造之后，该是你们住的，自然还是你们住。"蓝相谊坚毅地说道，"未来社区是高品质的生活社区，以人本化、生态化、数字化为价值坐标，你的忧虑都不存在。"

随后，蓝相谊耐心地同朱立峰说了一遍未来社区设置的模块，以及每个模块的功能。当设计图展现在眼前时，朱立峰嘴上没再多说，但他心里对此规划仍存疑虑。

"我看蓝乡长是在给我们画大饼呢！规划是规划，落实是落实，想落实下来得有钱，现在搞什么'一江两未，三带三区，四个十里'，每个项目不得上亿资金，哪有那么多钱？我看是搞不起来。"回到矿区后，朱立峰和矿友们说道。这个规划虽然好，但能否落实，他在心里打了个大大的问号。

这样的议论声并非少数，如何消除这些声音，让村民认可并接受同尘乡发展规划，是考验蓝相谊和程晨的难题。

朱立峰离开后，蓝相谊又伏案忙碌起来，他的办公室桌上有张他打印出来的同尘乡活动时间表，上面列着经过集体开会研究后，报批给县政府以及相关部门的一系列活动，既包括体育竞技赛事，也包括文化旅游节。

三月，备受瞩目的中国汽车拉力锦标赛龙游站在同尘乡举办，来自不同城市的赛车手们汇聚一堂，赛事规格高、影响力大，同尘乡的竹海赛道再一次在各大媒体上刷屏。

村民们也喜欢看比赛，每次比赛，同尘水库的小土墩上都站满了围观群众。这次比赛环绕同尘水库进行，康坪村村支书徐正清自然是最得意的人。

"这里的赛道实在是太好了，惊险刺激，还风光秀丽，让人印象深刻……"比赛结束后，赛车手们对赛道纷纷夸赞。

除了汽车拉力锦标赛的赛道，同尘乡还有一条赛道也吸引了人们的目光，越来越多的山地自行车出现在这条赛道上。

在灵山江两岸，两条赛道蜿蜒而去，夕阳下金灿夺目。

陈宇彬开年第一骑，就选在同尘乡，这次他还带了一位朋友，他们骑行一圈绕到山顶，又沿着溪美村下山。

下山时正好经过罗高亮家老房子的门前，门没关，陈宇彬看到罗高亮和曾小柔正在院里忙活，便把车子停在门前，和朋友一起走了进去。

一进院，就看到窗户上贴了喜字，他笑着大声说道："恭喜二位，结婚竟然也不通知我一声。"

听到声音，罗高亮和曾小柔才发现有人来了，抬头一看是陈宇彬，他们马上停下手上的活儿，笑着迎了过来。

"还没在龙游摆酒，等摆酒了一定通知你。"罗高亮和曾小柔笑着回应。

"如果不是门开着，我都不知道这里是你家呢，我记得你们住在山下的大房子里，怎么搬来这里了？"陈宇彬疑惑地问。

"哦，这不是为了酿酒吗，这里是我家的老房子。"罗高亮解释道，然后他看向陈宇彬身边的年轻人说，"这位是你朋友吧，也不介绍介绍。"

"瞧我光顾着说，都忘了介绍，他叫陈大钢，是我们骑行社新来的骑友。对了，小柔，他也是叙永人。"

"你也是叙永的啊，咱们是老乡。"曾小柔和陈大钢打招呼，"我叫曾小柔。"

"我是去年才来龙游打工的。"陈大钢以前是贫困户，他不好意思多说自己的过往。

请陈宇彬和陈大纲进屋落座后，曾小柔给他们端上茶，问道："对了，你们是怎么认识的呢？"

"有一次单位组织我们骑行，我骑了一次后感觉不错，就经常一个人骑车出去，之后经人介绍加入了龙游骑行群，彬哥是群主，经常带我们一起玩。"陈大钢说出了自己和陈宇彬相识的过程。

"原来你也是山地自行车骑手。"曾小柔很是佩服。

"最近彬哥在筹划环同尘水库的山地自行车赛呢!"陈大钢高兴地说。

"到时候我们可要去看看这个山地自行车赛。"曾小柔感慨道,"同尘乡的体育活动越来越多,感觉我们快成竞技村庄了。"

"之前蓝乡长就说过,我们除了要做笋竹之乡,也要做竞技之乡。"罗高亮很是自豪。

就在村民们谈论体育竞技的时候,乡党委书记程晨也和村干部开会强调同尘乡特色发展之路。

"既然要打造运动竞技村庄,那么同尘乡给外界的形象应该是健康阳光的,是崇尚运动的。在这点上,我觉得我们村干部做得不如村民们,庙贤村有支训练有素的救援队伍,溪美村有多支文艺队伍。我希望大家也能积极参与到每项赛事中。"程晨在绿春湖马拉松筹备会议上,提到了他的想法,"五月份的马拉松比赛,各村干部要带头,身体没有不适的,都要积极报名参加。"

"书记,我跑不了,让我跑五百米我都喘得不行,怎么去跑马拉松啊?"施玲娜不情不愿。

"我记得你小时候跑步可是像火箭一样快,男生都追不上你。你这是缺乏锻炼的典型表现,正好趁此机会锻炼一下。"程晨笑着说。

"我觉得这个提议很好,从这周开始,大家都要积极参加锻炼,去爬绿春湖,或者绕同尘水库骑行都行,总之,大家都要加强体育锻炼。"蓝相谊鼓励村干部带头锻炼。

大家都知道爬山辛苦,选择爬山锻炼的人少之又少,大部分人都选择了骑自行车。

周末的下午,程晨来爬绿春湖,却未见有其他村干部的身影。他正打算自己爬山时,听到前面传来了严琳的声音。

"程书记,你也来爬山锻炼了!"严琳穿着一身运动服,正从山上往下走,像轻盈的燕子。她家本就住在山上,她今天打算先下山,再从山脚爬到山顶。

"是啊,我要带头锻炼嘛,不过其他人好像都去骑自行车了。"程晨无奈地说。

二人一起往山上走着,程晨突然跟严琳道喜:"严书记,恭喜你呀!"

"喜从何来呀?"严琳有些不明白。

"你介绍绿春湖的视频在网上播放量超十万,你现在是'网红'村支书了。"程晨笑着说,"绿春湖景区人气提升,有你的一份功劳。"

"'网红'我可不敢当,我们的绿春湖才是'网红'呢!我准备把我们村的姑娘们也拉来一起拍视频、直播卖农产品……"严琳说出了她的打算。

程晨很支持严琳的想法,鼓励她放手去做。

二人边走边聊,来到山顶时已是傍晚,碧蓝的湖泊波光闪闪。严琳指着山上一条蜿蜒的山路说:"程书记,这就是我们的马拉松赛道。在山巅之上奔跑,也应和'山高人为峰'的寓意了吧。"

此时夕阳的余晖洒落山间,几只飞鸟在天空中自由自在地飞翔,望着美景,程晨感慨道:"要是有架无人机在天上追着运动员拍摄,那场景一定很壮丽。"

"而且比赛时是五月份，到时候还会有十里杜鹃花海，如此特别的马拉松比赛，一定会有很多人报名的。"严琳信心十足地说。

"我相信一定会的。今天时候不早了，我们回去吧。"程晨说道。

"等等，既然你都来了，干脆再多待一会儿，我带你去星星屋看星星。"严琳提议道。

"星星屋这么快就能入住了？"程晨有些不相信。星星屋的方案从严琳提出到落地，只用了三个月的时间，这效率可不是一般的高。

"这不是想趁着旅游旺季之前搞定嘛。"严琳是行动派，确定目标后便迅速行动，"太阳一落山就能看到满天繁星，这大概也是山上和城市的一大区别。"

程晨与严琳来到山顶的一处平台，见到有一整排的小木屋，还有平坦开阔的观星台。程晨抬起头，此时太阳已经落山，天上繁星闪烁，银河清晰可见，这里果然是观星的绝佳场地。

"我记得我们导师说过，衢州这片山，是华东地区最适合观测星空的。"程晨大学时选修过天文学。

"这片山确实很适合观星，但是有很多人不知道，名气还不够大。如果能有天文学会给我们认证，再请《中国国家地理》报道一番，那可就再好不过了。"严琳盘算着。

"你要找天文学会认证，这件事包在我身上，我回去问问我的导师，应该是可以联系到。"

"程书记，真是太谢谢你了！"严琳激动地看着程晨，眼睛亮若星星。

"都是为同尘乡做事，不必言谢。"程晨有些不好意思地避开她的目光。太阳落山后气温很快便降了下来,凉风渐起,程晨打了个寒战。

严琳让程晨进星星屋里坐坐。他们走进一间星星屋,房间面积不大,但是也够宽敞,屋子里面有张小木床、一张桌子和两把椅子,屋顶安装有透明玻璃窗,躺在床上就可以看到天空的星星。

程晨对星星屋赞不绝口,也提出了自己的意见:"如果屋里有盏暖灯就更好了。"

听了程晨的话,严琳笑着按了一下墙壁上的开关,暖黄色的灯光瞬间充盈了整个房间。

"这里用的是太阳能电灯,也有蓄电设备。"严琳介绍道。

程晨夸赞:"确实不错,你想得真周到。"

发现只有他们这一间屋里亮起了灯,程晨疑惑地问:"星星屋对外开放了吗?"

严琳解释道:"现在星星屋还没有正式对外开放,一些设备还在测试当中,也需要一些人来体验,我们再结合反馈意见进行调整。"

程晨赞同地点头。

两人透过屋顶的玻璃窗看星星,在浩瀚的星空下,感觉人变得特别渺小,好像所有烦恼都消失了。

过了一会儿,程晨看了一下手表,略显担忧地说:"已经这么晚了,不知道下山的路好不好走。"

"程书记、严书记,你们今晚就住山上吧!"恰在此时,星星屋的主人走了进来,他是龙游县云梦游旅游开发集团的老总彭建功。

"现在下山,确实也不大方便。"彭建功劝程晨道,"程书记,你今晚就住星星屋里感受一下,也给我们提提改进意见。"接着,他又转向严琳:"严书记,旁边那个星星屋里的装饰与这间不同,放了一些女生喜欢的元素,也请你体验一下。"

程晨犹豫间,他的手机响了,接完电话,他对彭建功和严琳说道:"我得下山,乡里还有工作等着我处理。"

"那我们一起走吧。"严琳闻言,决定和程晨一起下山。

与彭建功道别后,二人打着手电筒,在山林间穿梭,小心翼翼地往山下走。

夜黑风高,即使有手电筒的灯光,也照不全脚下的山路,二人深一脚浅一脚地走着。

突然,严琳感觉脚下一软,一阵疼痛袭来,她便重重坐在了地上,低呼:"啊!"

程晨马上关切地问:"你怎么了?"他低头用手电筒一照,严琳的脚踝已肿起一个大包。

严琳强忍泪水,长吸一口气,看样子自己是不能走路了。

"我背你下山吧。"程晨提议道。

"不用了,叫救援队吧。"严琳拒绝了程晨的提议,她想到了庙贤村的救援队。

程晨当即拨通了救援队的电话,在等救援队到来的时间,他轻轻脱下严琳的鞋子,查看严琳的脚伤。

严琳的脚虽然肿得厉害,但没有变形,他粗略判断:"应该是扭伤,不是骨折,休息几天就会恢复。"

"真是对不起。"严琳向程晨道歉。

"有什么对不起的。"程晨知道严琳怕她的脚伤耽误他的工作，劝慰道，"救援队很快就到，放心吧。"

大概过了二十分钟，救援队就赶到了。五位救援队员穿着清一色的救援服，抬了副担架，领头的是严志勇。

"爸！"严琳看到了自己的父亲。

"腿还能动吗？"严志勇蹲下查看女儿的伤势，"估计就是扭到脚了，还好没啥大事。"

"程书记，你怎么样？"严志勇看向程晨，关切地问。

"我没事，你们照看好严琳就好。"

救援队小心地将严琳抬上担架，又给她盖上了层毯子，之后将她抬回家中。程晨一路上都跟在严琳身边，救援队训练有素的救援行动让他刮目相看。

救援队将严琳送到家中后就离开了，崔玉娇和严志勇扶着严琳坐到沙发上。崔玉娇心疼女儿，忙拿冰块给她敷脚。

程晨感慨地说："今天，我亲眼看到了救援队的行动效率，这支救援队是我们同尘乡的骄傲。"

"我们救援队已经正式纳入政府救援体系了，现在是衢州市森林消防应急救援二支队三大队。救援队不仅承担同尘乡的救援行动，还承担跨乡域，甚至跨县域的机动增援任务。"严志勇也不吝夸赞自己的队伍。

程晨给救援队点赞："你们不惧黑暗，一呼即应，第一时间赶来救援，保障了人民生命和财产安全，真的很了不起。"

程晨又看向严琳，担忧地问："严书记，你的脚要不要去医院看看？"

"没事，过两天就好了。"严琳让他不用担心。

"那你在家好好休养，工作的事情慢慢来，不急。"临走时，程晨提醒严琳好好休息。

严琳点头，虽然程晨让她不要着急工作，但她内心却很焦急。三月三很快就要到了，她希望自己的脚伤快点好起来，不耽误去参加今年三月三的盛典活动。

三月三是畲族的传统节日，同尘乡每年都会在三月三期间举行盛大歌会，人们载歌载舞，热闹非凡。今年同尘乡的三月三盛典活动在溪美村举办，因此，自开年后，钟一鸣就开始为此忙碌起来。

盛典当天，溪美村十分热闹，大人孩子都围聚在村委会前的广场上搭建的舞台前，等待看精彩的表演。

嘉宾除了各界领导，还有二十多位同尘乡乡贤，不少人是通过"头雁回归"工程聚集起来的，各个村的村支书也来了，大家齐聚一堂，现场热闹喜庆。

溪美村的文艺队伍上台表演节目，平日辛苦劳作的村民穿着畲族传统服饰，为观众们表演了一场场精彩的演出，台下的掌声不绝于耳。

盛大的歌舞表演后，各个村的村支书上台逐一发言，大家介绍完自己的村庄后，欢迎各界人士来观光和投资。

"我们江左村有一座明代宝塔，目前宝塔已经全面修葺完成。我们还有茶博园，坐在江边喝茶观鱼，这不就是《琅琊榜》里江左梅郎的生活吗？欢迎大家来江左村喝茶观鱼……"江左村村支书雷金宝介绍道。

"绿春湖美景非一时'网红'，而是大家休闲观光的好去处，会和大家长久相伴，请大家多多支持庙贤村，常来庙贤村打卡……"严琳脚伤刚好，她也想趁此机会宣传庙贤村。

"我们溪美村有十里桃花，还有农家乐，让你来了就不想走。现在溪美村有有机蔬菜种植等项目，欢迎大家前来投资……"钟一鸣的介绍重点突出，十分直白。

"未来社区面向未来，未来乡村面向未来。欢迎大家来同尘未来乡村创业、旅游、定居……"沐尘村村支书古啸天发言。

接下来，康坪村、双灵村、护国村、梧桐村和金源村的村支书也相继发言，将所在村的优势介绍给大家。

最后，蓝相谊上台宣布同尘乡桃花节开幕，邀请大家尽情赏花看景。同时，他也官宣了山地自行车赛的举办日期。这次三月三盛典活动，为同尘乡接下来的系列活动开了个好头。

之后，同尘乡的几个项目也相继签约。溪美村的土地流转项目，农户代表周王俊和钟一鸣签约；绿春湖星星屋项目，云梦游旅游开发集团代表彭建功和严琳签约；护国寺重修项目，傅建安与雷金宝签约……

## 第十七章 共同富裕

获得流转田地承包经营权后,钟一鸣从省农业农村厅请来了专家,指导村民种植薏米、猕猴桃。钟一鸣聘了三十个村民负责田地管理,上工之前,需要进行为期三天的统一培训。

"我们都种地几十年了,你还让人教我们怎么种地?"以张叔为首的村民对钟一鸣的安排表示质疑。

"现在种田也需要科学技术,要精细化管理,才能提高效率。"钟一鸣解释道。

"科学家研究半天,都不如我们经验有用。"张叔不以为意。

"想要留下干活领工资,就必须得参加统一培训。你们就学一学,又不吃亏。"钟一鸣态度坚决。

几位老农民无奈,只能跟着去参加培训。让他们没想到的是,培训时,专家竟拿来了无人机,示范无人机喷灌作业,不到五分钟,一亩地已经喷灌完毕。

"你们用喷雾器打药,得多长时间才能喷完一亩地?"专家问村民。

"大约三个小时吧。"张叔挠挠头。

村民们被现代科技的高效率作业震惊了,不再有抵抗情绪,开始认认真真地参加培训学习。

搞定了田里的事,钟一鸣又思考起山里的事。溪美村的竹林有上千亩,近年来,竹加工产业不景气,毛竹价格持续走低,竹林失管严重。

钟一鸣要给这些山地想出路。为此,他思考了很久,又打电话向吴宗林请教。

"可以发展一下林下经济,种植中草药。"吴宗林建议。

"我们山里有野生香藤,村民喜欢用它煲汤,说是开胃,去油腻,不得不说,确实是香飘满院。"钟一鸣提到了山上产的草药。

"这个收益太少了,试试种植其他的,我推荐种黄精。"吴宗林在电话里详细介绍了种黄精的好处。

"听你的,那我们先试试水。"钟一鸣打算尝试种植黄精。

为了调动村民的积极性,钟一鸣直接购入了黄精苗并分发给农户。既然是免费的苗,大家都乐意试试,便各自领了苗,准备上山去种。

溪美村种植黄精的尝试就此开启。钟一鸣想着,如果黄精长势良好,他便要把黄精种植大面积铺开。

"五一"假期,绿春湖的十里杜鹃正值盛花期,漫山遍野映山红。竹海、云海、花海,层次分明的景观汇聚在一起,一时间游人络绎不绝。

不管是普通游客,还是专业摄影师,都用镜头记录下此刻的美好。

马拉松比赛如期开赛,同尘乡最后决定由程晨和严琳作为代表参赛,以助力此次比赛。千人大军在山间奔跑,如万马奔腾,气势恢宏。此次比赛在网络上全程直播,一时间全国各地的观众都得以一睹绿春湖的风采。

程晨和严琳二人顺利比完赛,不但拿到了纪念证书,程晨还跑进了前二十名。

严琳看着程晨,禁不住感慨:"程书记,你运动能力好,学历高,办事能力强,还有什么是你不行的呢?"

"我可不兴夸。"程晨被夸赞得有点不好意思,他也向严琳道喜,"同样恭喜你。"

严琳有些不好意思地微笑,脸颊绯红,显得更加美丽动人。

马拉松比赛结束后,程晨接受了媒体的采访,他如此介绍庙贤村:"这里不仅是浙西大竹海,还是华东地区最适合观测星空的地方。来到绿春湖的,有跑马拉松的人,他们在此追风逐日,享受运动竞技的快乐;也有登山爱好者,他们在竹林云海间,感受攀登的乐趣;还有天文爱好者,他们仰望星空,感受宇宙的浩瀚;还有赏杜鹃的、赏雪的,他们在绿春湖找到了诗意和远方。绿春湖的美景有太多面了,我们希望有更多的游客了解我们绿春湖,了解我们同尘乡,来到这里找到自己的快乐……"

马拉松比赛当晚,县电视台播放了程晨接受采访的视频,并用一分钟的镜头介绍了绿春湖的景色。摄影师用延时摄影的方式，记录了绿春湖美丽的朝霞、绚烂的晚霞、流动的星空……

严琳看到新闻后很惊喜，这是她见过的关于绿春湖景区的最好宣传片！她当即给县电视台打电话，商讨授权事宜。电视台工作人员告诉她，可以提供授权，但需要走流程，让她耐心等待。

"太好了，没问题。"严琳放下电话，依然有些激动。

这次的马拉松比赛，让她收获满满。她第一次跑完了全程马拉松，并拿到了证书；绿春湖景区的知名度提升了；找到了一部完美的绿春湖宣传片。

蓝相谊接待了一位远道而来的客人，是近一年时间没见面的老朋友任萍萍。任萍萍从叙永过来，此次来龙游，她有两个目的地：一个是庙贤村的绿春湖，另外一个是龙游职校。

任萍萍来绿春湖，是想借鉴旅游开发的经验。

"我们山里也有杜鹃花，但不像这里成片成片的，还是成片好看，像朝霞一样。"面对十里杜鹃花海，任萍萍感慨，"我们叙永也有这样的山地，开发利用起来，也是大有可为。"

从项目总体投资建设到索道运营的方方面面，任萍萍都做了细致的了解。

参观完绿春湖景区，她又去看了庙贤村的笋罐头厂，看到一箱箱刚加工完毕的笋罐头被装入集装箱运走。

她念出集装箱上的英文，心下了然："这些都是运往国外的吧！"

"是的，我们的罐头厂已经有三十年左右的历史了，产品远销欧洲。"蓝相谊欣喜地说道。

"怪不得我们叙永的笋被收购后,会拉到你们龙游来加工。当时我还想为什么不就地加工,现在看,和我们相比,你们确实有优势,有完善的产销网络,距离海港更近。"任萍萍恍然大悟。

"我们龙游和镇海还开展了山海协作,二〇一九年建成了龙游港,与镇海港区深度合作,开通两地海河联运航线。龙游虽在山里,但也算得上是'有港之城'啊!"蓝相谊自豪地继续介绍。

"那条河是通向港口的吗?"任萍萍远眺,指着灵山江问蓝相谊,"我怎么没有看到货船呢?"

"曾经有过港口,早已没落了。"蓝相谊说的是灵山港。在他小时候,在灵山港码头可以坐着船去镇上赶集,买糖吃,后来河道淤塞,码头也没有了……现在的灵山江水清水深,却没有和港口连通,不得不说是种遗憾。

任萍萍不经意间提到的港口,不仅勾起了蓝相谊的童年记忆,更点拨了他。同尘乡矿产资源、旅游资源、森林资源都很丰富,还有灵山江这样一条流经多个县市的大河,为什么不能有个港口呢?

任萍萍见完蓝相谊,转头又去了龙游职校,这次是许美萍接待她的。

两位女士见了彼此都很开心,寒暄过后,许美萍向任萍萍介绍了叙永学生的情况:"在龙游学习的叙永学生,是可以申请生活补贴的,有几名学生不了解申请流程,迟迟没有申请,错过了申请时间,后来我们也替他们补上了。还有像林超这样的孩子,有些自卑,后来班主任主动找他,也帮他申请了生活补贴。"

"贫困家庭的孩子,有些是比较自卑的,确实需要我们加以引导、关注和照顾。"任萍萍对此感同身受,她又说出自己的担心之处,"实不相瞒,有家长不愿意把孩子送过来,说是怕离家远,孩子会松散,在外面学坏了。"

许美萍理解地说:"青春期嘛,叛逆总是有的。有几个孩子确实有点皮,偷偷跑去网吧打游戏,还有一个说要退学去烧烤店打工。但是你也不用担心,去网吧的那几个孩子,老师去网吧把他们找回来,对他们进行了思想教育,他们也算是听进去了,之后再没出现这种情况。至于想退学去打工的那个学生,班主任了解他的情况,知道他是想早点赚钱为父母分担,才会有退学的念头,做通思想工作之后,他也没有再提退学的事了。"

听完许美萍的介绍,任萍萍感激地点点头:"许校长,感谢你们对孩子们的教育和照顾,我回去告诉家长,不用再为孩子们担忧了。"

"最早来的那批孩子,已经陆续去对口的企业实习了,有些已经与企业签订正式劳动合同了。"许美萍向任萍萍发出邀请,"你要不要去他们工作的企业看看,他们见了你,肯定很开心。"

"那可再好不过了!"任萍萍很高兴受此邀请。

和林超一起去明森电子公司实习的,有六位同学,大家按照各自意向选择岗位,林超选择了产品质检岗。公司给林超安排了两位师傅,一位是叙永老乡李宏华,一位是龙游当地的老师傅雷宗孝。

李宏华带林超熟悉公司的业务,把工作时需要注意的事项说得明明白白,他还跟林超特别交代:"咱们是老乡,有什么问题随时找我，能帮的我一定帮！"

雷宗孝则是手把手教林超做事，告诉他什么样的产品才是合格产品，细致到产品表面的纹路、玻璃的气泡大小等怎么检查。林超没有做好的地方，雷宗孝纠正后，也会毫不留情地批评一番。

这样的严格要求，让林超一度无法适应，他只能每天加班加点做事，力求做好。

任萍萍找上林超时，林超正在仔细地比对两件表面看着无差异的产品，她站在林超身后问道："林超，看出问题了吗？"

林超被任萍萍的声音吓了一跳，手里的产品差点掉到桌子上。他身旁的雷宗孝听到声音疑惑地看向任萍萍。

"师傅您好，我是林超的老乡，过来看看他。"任萍萍对雷宗孝说，"我跟林超说几句话可以吗？"

"可以！"雷宗孝爽快地答应。

看到来人是任萍萍，林超很高兴。

任萍萍拉着林超走到一旁，把从老家带来的梅菜扣肉递给他，"这是你爸做的，让我带来给你，你可要尽快吃掉。"

"谢谢任书记，我这里有吃的，我想把它分给我的两位师傅。"林超接过罐子，心里已有了打算。

见林超懂事，任萍萍很欣慰："严师出高徒，你要多听你两位师傅的话。"

"我的两个师傅对我很好的。李师傅也是叙永的，师娘做饭时会给我带一份；还有雷师傅，他常把我的脏衣服带回家去洗，休息的时候还会请我出去吃好吃的。"林超虽然平时不善表达，但是别人对他的好，他都记在心里，一直心怀感恩。

"你是有福气的人，要好好努力，不要辜负大家对你的期待和照顾。"任萍萍连连点头，欣慰之余，更多的是感动。

离开工厂后，任萍萍又去见了从叙永来龙游工作的王丽菲，二人约在福泰隆商场见面。

任萍萍站在人来人往的商场门口，听到有人叫她一声"任书记"，她回头，看见一个充满青春气息、落落大方的女孩正朝她走来。

"丽菲，你的变化真大，如果你不叫我，我一定认不出来你了。"任萍萍笑着和王丽菲打招呼。

王丽菲化着得体的妆，美丽动人，见到任萍萍，她也很开心："任主任，我现在因为工作的原因，所以需要经常化妆。"

"什么工作？你是化妆师吗？"任萍萍疑惑地问。

"不是。"王丽菲摆摆手，"我现在是化妆品研发师。"

原来，王丽菲在龙游的一家化妆品公司做产品研发，她已经掌握了很多彩妆产品的制作工艺了。

"我涂的眼影，从调配、称重、混合、压制、试色，都是我自己做的……"王丽菲扑闪着大眼睛，粉粉的眼影透着闪闪的珠光，她随即从包里掏出一盒眼影和一支口红递给了任萍萍，"任主任，送给你。"

"这很贵吧，我不能收。"

"不贵，是我自己做的，你就收着吧。"

任萍萍这才接过了王丽菲送的眼影和口红，她觉得这份礼物太难能可贵了。

"丽菲，你不仅变漂亮了，还那么能干，真棒！"任萍萍看着王丽菲，由衷夸赞。

在家乡读书的时候，王丽菲总是穿着大大的不合身的衣服，面黄肌瘦，自卑胆怯。现在的她，漂亮又自信。女大十八变，曾经的小丑鸭，已经变成了白天鹅。

无论是林超还是王丽菲，任萍萍都在他们身上都看到了一种成长的力量和一种向上的希望，让她心生感动。

龙游和叙永两地援教结对帮扶行动，变"授鱼"为"授渔"，"一人就业、全家脱贫"的目标，终归是可以实现的。

蓝相谊把想重修港口的计划和程晨说了，程晨也很赞同："灵山江流域有绿水青山、畲乡风情、竞技赛道、古镇古塔，如果重修港口，将会极大地促进灵山江流域各地区的发展。"

"我们找林业部门和水利部门的专家们问问，看看后续如何推进。"蓝相谊决定去找吴宗林，让他参谋参谋。

吴宗林也支持重修港口的想法，他们一起写了一个详细的方案报给上级部门，但是却被否决了，上级部门要求乡政府专注于完成现有的规划部署。

蓝相谊明白，说到底还是资金不足的问题。"一江两未，三带风光，四个十里"的发展规划能否逐一落实，最终还是要落到钱上。同尘乡财政的每一笔钱如何使用，都需要精打细算，哪个项目优先保障，如何平衡各个村庄，也是种考验。

蓝相谊和程晨都忙于找资金，多次往返于杭州和龙游洽谈投资事宜，被拒绝成了家常便饭。

这天，蓝相谊正和程晨在办公室研究工作，接到了吴宗林打来的电话。

"相谊，最近有个水利部的幸福河湖建设项目，跟你之前提的'灵山港再出发'项目有共通之处，县里准备申报，你们重新整理一下材料，机会难得，你们一定要抓住啊！"吴宗林在电话里反复叮咛，"这次的项目是水利部牵头的，你们一定要好好准备！"

"太好了，谢谢吴老，回头我们几个乡镇一起研究研究，重新整理材料，争取灵山港的项目可以顺利开启。"蓝相谊闻言很是惊喜，灵山港启航在望！

二〇二一年五月发布的《中共中央　国务院关于支持浙江高质量发展建设共同富裕示范区的意见》，在浙江大地引起轰动，从官员到学者再到百姓都掀起了关于共同富裕的热烈讨论。

同尘乡的村干部们坐在一起聊各自对共同富裕的理解。

"我之前看到一句话，'愿我们的祖国足够强大，强大到没有人愿意背井离乡'。我被这句话触动，也坚定了自己要留在家乡，为家乡谋发展的决心。如果城市和乡村能共同富裕，那么庙贤村也有能力把村民们留下来。"严琳说出了她的理解。

"我觉得农村的基础设施建设一定要跟上城市，公共交通、共享单车，还有三甲医院和养老院等，这些基础设施，农村也应该有。"陈爱军一向快人快语。

"共同富裕不仅是物质上的，还包括精神上的富裕。目前农村的文化、教育是落后于城市的，提升农村的文化和教育水平，让大家不再急着把孩子送去城里读书，在我看来，这也是共同富裕的一部分。"古啸天的发言总是绕不开沐尘村的特色——文化立村。

"在我看来共同富裕跟生活品质有关。如果村民的生活品质提升了，日子过得舒心，吃穿不愁，有房子住，有车开，有事干，我觉得这就是共同富裕。"钟一鸣发表了对共同富裕的看法。

"对于共同富裕，说句心里话，我之前是不敢想的，因为同尘乡确实与沿海乡村存在差距。但是，现在国家明确提出要共同富裕，要乡村振兴，那接下来会有一系列的政策支持，大家要围绕着政策，好好做事，干出一番事业，让同尘乡成为共同富裕的乡村典范。"蓝相谊难掩激动的心情。

"我是因山海协作来到同尘乡的干部，山海协作本就是省委、省政府为了推动我省欠发达地区加快发展，实现全省区域协调发展而采取的一项重大战略举措。对于同尘乡而言，浙江高质量发展建设共同富裕示范区，是我们难得一遇的机会。未来，我们可以争取到更多的扶持，与兄弟县市开展更紧密的合作，打造出更多山海协作的范例。当然，我们也要趁此机会，树立自己的金名片，围绕着同尘乡的发展方针，好好干，加油干，定能干出一番成绩。"程晨慷慨陈词，他看到了同尘乡发展的机会。

对于共同富裕，每个人都充满了遐想。当理想照进现实，大家也都干劲十足。

可以预见，共同富裕已经在路上了，而这缕光，终将照耀同尘乡的每一个村落。

# 第十八章 消薄飞地

继《浙江省山区26县跨越式高质量发展实施方案（2021—2025年）》发布之后，二〇二一年七月，浙江省组建了由省级机关、省内院校、三甲医院、国有企业、金融机构、经济强县（市）和民营企业共同组成的新型帮扶共同体，对浙江山区二十六个县进行"一县一团"合力帮扶。

短时间内，在浙江山区二十六个县，活跃着由五百六十九家成员单位组成的二十六个帮扶团。每个帮扶团的成员单位都是各行各业的佼佼者，他们如同这个社会的钢筋骨血，充满活力，背负使命，带着被帮扶者奔向曙光。

浙江省乡村振兴局对新型帮扶共同体进行考评，同时，要求各个帮扶团提交个性化帮扶清单。每个帮扶团的工作都排列得满满的，大家忙得不可开交。

负责帮扶龙游县的是由浙江省委统战部作为组长单位的帮扶团，组长单位召集了几十个成员单位一起开工作交流会，现场不仅有成员单位代表，也有像程晨、蓝相谊这样的被帮扶乡村代表。

"结对帮扶，大家应做到既要狠抓主攻项目，也要统筹兼顾，想人之所想，急人之所急。"组长单位代表带头发言道，"除了提升龙游县的硬件和配套设施，其他方面是不是也可以帮扶？我先表个态，省委统战部将全力帮助乡贤回归。"

"茶博园项目，我们可以帮忙引进一部分建设资金。"有成员单位表示。

"护国寺重修项目，可以与我们的康养机构合作。"又有成员单位表示。

"镇海区慈善总会计划出资改善农村留守老人的生活。"宁波市镇海区代表表示。

…………

交流会现场每个帮扶单位都积极发言，现场气氛热烈，每个人发言结束后，都会响起热烈的掌声。

"各成员单位上交的帮扶清单，要对标对表查漏补缺，要保质保量完成。"组长单位的代表最后总结道，声音铿锵有力。

程晨和蓝相谊走出会场，二人脸上都洋溢着喜悦的笑容。蓝相谊更是笑得合不拢嘴："太好了，太好了。"

"他们自上而下，我们自下而上，终于碰撞在一起了！"程晨也兴奋不已。

"赶紧去抢项目，推动落实。"短暂高兴之后，蓝相谊立刻清醒。

通过这次会议他们可以确定同尘乡肯定会有项目，但要让同尘乡每个村都能有项目，就需要大家一起努力推进了。

钟一鸣是行动派，这段时间他一有空就往省农科院和中医药大学跑，皇天不负有心人，他终于与中医药大学达成了合作，对方将连续五年采购溪美村的黄精。黄精种植，终于可以全面展开了。

但是，当钟一鸣拿着订单合同给村民派发黄精苗的时候，村民们却动摇了。

"我们不想种黄精了！""不想种了！"

几个村民七嘴八舌地说道。

钟一鸣闻言，气不打一处出，他问村民们："为什么不种了？是不是有人和你们说什么了？"

"有人告诉我们种了黄精后，冬笋会减产。"一位村民解释道。

"胡说八道！"闻言，钟一鸣更是怒不可遏，"你们有根据能证明种黄精会让冬笋减产吗？"

村民们都摇头。

"没根据的事，就不要听信别人胡说八道。"钟一鸣严正说道，"现在我们的黄精已经和中医药大学签了长期采购合同，黄精销量有了保证，大家也一定会获得丰厚的收益。"

接着，钟一鸣把种黄精的好处再次向村民们详细介绍了一遍。村民们闻言，不再说什么，领了黄精苗离开了。

钟一鸣看着村民们离开的背影，无奈地摇了摇头。

黄精种植面积过千亩后，钟一鸣雇用了几十个村民进行除草、施肥、播种以及后续的养护工作。对黄精种植的统一管理，不仅保证了黄精的品质，还解决了村民的就业难题。钟一鸣算过账，村民可以赚三笔钱：出租土地的租金、每天出工的工钱、村集体给的分红。土地流转到村集体后，不仅土地不再荒废，村集体也有不菲的收益。

这就是钟一鸣坚决发展村集体经济的原因。饶是有阻碍，不被理解，前途未知，他依然义无反顾，咬紧牙关努力干。

近日，衢州市龙游县与宁波市镇海区签署了山海协作"消薄飞地"项目投资协议，其中，浦和园区建设公开招募村集体入股。有土地的村，可以用土地入股；没有土地的村，可以资金参与入股。

文件传到同尘乡的各个村后，大家都议论纷纷，几家欢喜几家愁。

严琳接到了文件，第一时间给程晨打电话，她焦急地说道："程书记，你知道的，我们村的土地都已经规划好了，没有土地能拿出来入股。还有，我们村集体收入本来就不多，近期还打算修路。要入股，只能看财政资金、帮扶资金能不能提供帮助了，村集体自筹资金是没法指望的。"

"严书记，你的顾虑我完全理解。你们的情况和康坪村差不多。我再查查相关资料和政策，看看有没有办法解决。"说完，程晨挂了电话。

程晨接电话时，蓝相谊也在他办公室。这是他接到的第五个村支书打来的关于"消薄飞地"项目参股有困难的电话。

他无奈地对蓝相谊摇头："我们都认为大家会抢着要项目，结果连最稳妥的'消薄飞地'项目都推进不顺。"

"庙贤村和康坪村还能理解,毕竟资金和土地都用于生态建设了。可梧桐村、金源村,有土地也有预算却不肯投入,我是无法理解。"蓝相谊有几分失望。

"一个个推进吧,我再打电话问问是否有相关政策。"办法总比困难多,程晨可不希望到手的鸭子飞了。

经过多方咨询,很快,程晨找到了解决办法,当即给严琳打电话。

"庙贤村和康坪村情况特殊,上面已经有相应政策了。"程晨笑着回复。

"是吗?是什么政策?"严琳将信将疑。

"你看看《支持山区26县跨越式高质量发展意见》《浙江省产业链山海协作行动计划》等政策文件,里面明确说明了要进一步发展消薄型、产业型、生态补偿型飞地经济模式。你对照看看,庙贤村是否符合生态补偿型飞地经济模式。"

"好的,我马上找来文件学习。"严琳有些惭愧地挂了电话,作为村支书,她没有吃透相关政策,差点让庙贤村错过一个好机会。

她迅速找到相关文件,仔细研读起来,可还是有些摸不准。她又打电话给康坪村的徐正清:"徐书记,我们庙贤村和康坪村符合生态补偿型飞地申请条件吗?"

"符合,符合!严书记,我们都符合!"徐正清刚刚把政策研究明白,此刻他激动不已,给了严琳肯定的答复。

严琳激动地说:"太好了,我们可以申请生态补偿型飞地了。国家为我们考虑得这么细致,看到了我们的困难,真是让我感动。"严琳发自内心地感激。

庙贤村和康坪村,一个坐拥绿春湖景区,一个坐拥同尘水库。双灵村和护国村发展诗画风光带,生态保护是重中之重。这几个村全域被划为生态功能区,他们申请的生态补偿型飞地被上级批准了,即由省、市、县给予全额财政支持,村集体不需要出资,便可获得"消薄飞地"项目的股份。

同尘乡的其他村便没有这么幸运了。

江左村和沐尘村没有土地指标能入股,但他们村集体有钱,可以直接用资金入股。

最愁的是金源村、梧桐村和溪美村,他们不仅没有土地,村集体收入也有限,村民都不同意拿村集体的钱去投资入股。

溪美村的村民们得知钟一鸣想要拿村集体的钱去投资外地的园区,直接找上门来。

"我没听错吧,让我们乡下人出钱,给城里人投资?"

"有钱的话,存银行拿利息不好吗?"

"给别人投资,要是本金都要不回来怎么办?"

"就是啊!万一钱没赚到赔了怎么办?"

…………

村民们七嘴八舌地发表自己的看法,说出自己的担忧。

"我自己出资五十万,可以不?"面对悠悠众口,钟一鸣直接以实际行动表态,"要是最后有收益,我这五十万的分红钱,你们得认,一分不能少给我;要是最后没有收益,赔了,也算我自己的。"

见村民们没说话,钟一鸣继续说道:"你们不肯投钱,还不是担心被骗吗?入股的份额是有限的,其他村都抢着要,大家现在不入股就没机会了。到时候大家不要看到别的村有钱分后又开始后悔了,现在我明确告诉大家,溪美村既然有份额,就要投,能投多少就投多少。既然大家不愿村集体出钱,那我个人出五十万,还有人反对吗?"

"我反对!"站出来说话的是周王俊,"你用自己的钱投资,有了收益也算是你自己的。凭什么村里的份额都让你占了?"

听到周王俊的话,大家又低声议论起来。

"我们同意村集体投资五十万入股。"村民们的态度发生了大转变。

"既然大家都不反对了,那我们村集体就入股五十万。我个人不会入股占用村集体的份额,大家放心。"钟一鸣打消了大家的顾虑。

最后,溪美村投资五十万入股"消薄飞地"项目。这五十万,是村民们努力建设美丽家园、辛苦劳作赚来的,而今,它被投入到浦和园区建设中,寄托了全村的希望。

溪美村签署"消薄飞地"项目入股协议没几天,钟一鸣在路上碰到了梧桐村村支书何丰源和金源村村支书雷斌。

"'消薄飞地'项目,你们村最后都入股了吗?"钟一鸣问道。

"说到这个,还真是来气,我做了很久的思想工作,最后大家同意了,我高高兴兴去申报,结果份额没了……"雷斌懊恼不已。

"我也没搞定,大家都不同意。"何丰源也连连摇头,叹气道,"罢了罢了!以后他们要是后悔,那也是活该!也就我们几个村犹犹豫豫的,其他村都抢着要,把份额占完了。"

"下次肯定还有机会的。"钟一鸣安慰二人。

和两位村支书告别之后,钟一鸣又去猕猴桃种植基地了解猕猴桃的采摘情况。他走到种植基地的仓库,看到有辆冷链运输车停在仓库前等待装货运走,还有几位村民坐在仓库前,将猕猴桃分类包装、分类摆放。

钟一鸣拿起其中一个猕猴桃,在手里掂量几下,看着这饱满圆润的果子,他禁不住感慨:"真是好果子,可惜了。"

"钟书记,果子能卖钱,有啥可惜的呀?"在一旁负责包装的农妇金兰笑着说道。

钟一鸣从口袋里掏出一个猕猴桃,递给金兰,问道:"这个是我买的,你觉得是你的果子好,还是我买的果子好?"

"当然是我的果子好,这些都是我们挑选出来的大果。"

"我买的这个是有品牌的奇异果,十元一个。"

"那么贵?这玩意看着样子跟我们猕猴桃没有差别,怎么就叫奇异果了?"金兰不解,她实在是看不出这果子的奇特之处,"这是红心的吗?"

"黄心的。"钟一鸣回答。

"黄心的还卖十元一个?贵在哪?好吃一些吗?"金兰不理解。

"你尝尝看味道怎么样。"

"那么贵,我不吃,我要吃也吃自己种的。都是猕猴桃,味道不都一样吗?难道还能吃出荔枝味、苹果味吗?"

"言之有理。"钟一鸣点点头,他将十元一个的奇异果掰开,尝了尝说,"这味道跟我们的优质大果毫无差别嘛!"

溪美村的猕猴桃怎么才能卖出高价呢？回家的路上，钟一鸣一直在思考这个问题。

回到家后，钟一鸣发现邵敏正盯着手机看直播。她最近爱上了直播购物，每天闲暇时间都在看直播。这几日她回同尘乡待着，本想戒掉网购，哪知龙游县实施村村通工程，每个乡都通了快递，邵敏走几步路便能到达快递驿站，因而"买买买"的时候，完全没有后顾之忧。

此时空闲，她没忍住，又看起了直播。

"直播有那么好看吗？你们女人买起东西就是疯狂。"钟一鸣仍无法理解邵敏为何会沉迷直播。

"我抢到了！"邵敏根本就没在意钟一鸣在说什么，她只专注于看直播抢货，"这块舒俱来不错，是真正的帝王紫啊！"

钟一鸣凑上去看了一眼，是个深紫色的龙牌，他随口一问："这要多少钱？"

"一万！"

"那么贵，你在直播间就直接拍下来了，不担心被骗吗？"钟一鸣瞪大眼睛。

"这个是经过检测的，我跟老板说一下，要鉴定证书。"邵敏立即联系店家。

"珠宝检测……猕猴桃检测……"钟一鸣坐在沙发上喃喃自语，突然，他激动地站起来，"对了！我怎么没想到，既然出去求着别人帮我们检测难，为什么不直接在县里设一个猕猴桃检测中心呢？"

钟一鸣马上给吴宗林打电话，他着急地问："吴老，我们今年的

'一县一策'，是不是早就定下了要推进猕猴桃标准化种植？"

"不仅要推进标准化种植，还要把标准化生产面积扩大到一千亩。"吴宗林答复。

"我想问一下，有没有可能把猕猴桃检测中心设置在我们溪美村呢？我们溪美村的猕猴桃，卖了几十年，还是卖不出价格，明明品质是一流的。我最近看到一个有鉴定证书的奇异果，卖十元钱一个！所以，我想给溪美村出品的每个猕猴桃都出鉴定证书。有了鉴定证书，对于扩大溪美村猕猴桃的市场份额、增加销量和提高品牌形象都有帮助。"钟一鸣太急于突破了。

"你的心情我可以理解，你的想法很大胆，但也不失为一个举措。我全力支持你，我这两天去找省农科院的朋友问问。但是，如果你想让猕猴桃检测中心落户溪美村，你可以提供哪些资源？"

"需要我们提供哪些资源？"

"一般要建检测中心，总要盖楼，要买设备吧？"吴宗林直言不讳，"现在大家都认政策、认资源，哪里政策好、资源好，项目就去哪里。"

"明白了，回头我跟上面申请，看看这个事能不能做。先谢谢吴老了。"钟一鸣对吴宗林表示感谢后，挂断了电话。

"祝你的猕猴桃早日能卖十元一个。"邵敏听到了丈夫打电话时说的话，打趣道，"也不知道要等到猴年马月。"

"你等着吧，用不了多久就能实现。"钟一鸣信誓旦旦表示。

蓝相谊打来电话给钟一鸣，宁波市镇海区负责山海协作项目的同志要来溪美村考察，让钟一鸣做好接待工作。

钟一鸣等这一刻等得太久了，自从签署"消薄飞地"项目入股协议后，他三天两头跟蓝相谊念叨着，想要好好接待山海协作的对口单位负责同志。

"李霄同志，我盼星星盼月亮，可把您给盼来啦。"在村委会办公室，钟一鸣向从镇海来的干部热情问好。他拍拍手，几位穿民族服饰的畲族女孩端上了茶，唱起了山歌。

"唱得真好，很有民族特色。"李霄笑着给予了好评。

"她们唱的是'客人到，要喝茶。水在井里已挑来，茶在高山已采来'。这水是山泉水，茶是我们的高山绿茶，您尝一尝。"钟一鸣介绍道。

李霄喝了一口茶，点点头，未等他开口，钟一鸣又介绍起了摆放在茶桌上的水果："这是我们溪美村产的猕猴桃，又大又甜，您也尝尝。"

"我了解过，你们溪美村的猕猴桃种植产业不错。"李霄拿起猕猴桃吃了一个，不停夸赞，"嗯，味道确实好。"接着，他起身对钟一鸣说道："走，去看看你们的猕猴桃种植基地。"

"李兄爽快，咱们现在就去种植基地看看。"钟一鸣乐意之至。

钟一鸣带着李霄来到猕猴桃种植基地，从果树上摘下一个猕猴桃，对李霄说："我们这么好的果子，只能卖两元一个，我的目标是能卖十元一个。"

"那要经过认证，配合包装和营销，最好能进大型商超。"李霄认同溪美村猕猴桃的品质，对于如何营销也有一些见地。

"李兄，能不能帮我们与宁波的大超市牵个线，让我们的猕猴桃也进去?"钟一鸣切入了正题。

"倒也值得一试。"李霄答应帮助钟一鸣。

"太好了,那我先谢谢李兄了。"钟一鸣抱拳感谢道。

从猕猴桃种植基地出来,钟一鸣又带李霄去村里看看。

"这棵树是我们村里最古老的树,有四百多年的历史了,小时候我们经常在树下乘凉玩耍。"钟一鸣和李霄站到村口的大树下,钟一鸣望着对面的空地感慨道,"这块地空着真是有点可惜,如果能建个畲族文化广场,搭个戏台,表演节目,放放电影,过年唱唱戏,多好呀!村民的幸福指数一定会越来越高的。"

"我们确实计划在同尘乡投资建一个文化广场,溪美村可以列入考虑范围。"李霄也透出口风。

"请李兄一定优先考虑我们!"钟一鸣迫不及待地说,他真希望溪美村能有一个文化广场。

## 第十九章 创客联盟

毕业十年，高中同学组织了聚会，严琳本是不愿参加的，她觉得这样的场合总是免不了被人拿来比较。

她的高中同学中，有知名作家，有律所合伙人，也有公务员。至于个人感情方面，同宿舍的姐妹就她还是单身，其他人都结婚了，还有几个女同学已经生了孩子。

因为高中的几个好友极力相劝，严琳才勉为其难前去杭州参加同学聚会。

这次的聚会是严梦洁牵头组织的，她不但工作找得好，而且已经结婚生子，从讲究的穿着和精致打扮便可看出她的生活很滋润。

"梦洁，你留在杭州发展真是明智的选择，你现在的生活水平比我好多了。"一个女同学羡慕地说道。

"严琳当时也有机会留在杭州的，可她还是选择了回家乡。"严梦洁提到了严琳，她从小就喜欢和严琳比较。

"严琳，你能在家乡工作真好，我在杭州，有时候想吃老家的面都吃不到。"和严琳交好的蓝燕七羡慕地说。

"是啊，严琳留在家乡，为家乡作贡献，又能陪伴父母，多好啊！"其他同学纷纷应和。

严琳原以为她留在家乡，会被这些在城里工作的同学轻视，未曾料想，大家都认可她的选择，甚至对她颇为羡慕。

"现在同尘乡的发展越来越好了，如果你们想回家乡工作，我们是非常欢迎的。"引导年轻人回乡就业一直是严琳想做的工作，她找准了时机切入话题。

"如果我回家乡创业，有什么优惠政策吗？"平时沉默寡言的何逸忽然问严琳。

"何逸，你不是在互联网公司做运营总监吗？怎么想起回老家创业呢？"严梦洁看向何逸，一脸不解。

"能回老家多好啊，也能经常陪陪父母。"何逸真诚地说，"说真的，虽然在杭州发展是不错，但我总想自己创业，如果要创业，那在家乡创业不是更好吗？我想在同尘乡做电商，销售我们的农产品。"

"你这个想法太好了！把电商做起来，把农产品卖出去，村子也富起来了。何逸，你快些回来，我会全力支持你的。政策方面你放心，有啥优惠政策，我一定会为你争取。"严琳有些急切地说道。

何逸对好朋友姜源说："姜源，你也回同尘乡吧，你不是一直想回家乡开民宿吗？"

"是的，我们老板也让我考察考察能不能在同尘乡开民宿。"姜源现在是一家大型文旅集团的高级运营专员,负责民宿的筹建、推广和运作。严琳之前同他聊过合作的事,可都停留在口头上,没有切实推进。

"我们同尘乡现有的民宿都是农民自建的,如果能与连锁品牌合作,那可是太好了。"严琳抛出了橄榄枝,"来我们绿春湖景区吧,客流和配套建设都不错的。"

"我看上了你们的金梧未来社区,如果能把民宿和未来社区的概念结合起来,打造一个全新概念的民宿,我觉得不错。"姜源心里已有了盘算。

"我可以帮你引荐。"虽然姜源的投资目标并非庙贤村,但严琳很乐意为他作引荐。严琳没想到,一次同学聚会,竟让她收获这么多惊喜。

同学聚会结束后没几天,严琳便带着何逸和姜源,在金源村村支书雷斌的陪同下,一起参观金梧未来社区。

原来封闭的职工宿舍区已经变成了开放的新社区,社区依然保留着工业风,但有高大的树木和美丽多姿的繁花点缀,各类型的雕塑坐落其间,整个社区散发着勃勃生机,充满艺术气息。

"目前,已经有很多家文创企业入驻了。"雷斌带领他们参观,走过一栋黑白相间的二层小阁楼时,他介绍道,"这是做陶瓷设计的工作室,设计师拿过国家大奖。"

"这是人文地理摄影大师陆立臻的工作室。"这栋高大的红墙建筑前有棵高高的樟树,光影斑驳投射在红墙上,红绿映衬,十分夺人眼球。

"他的老婆我知道,是大明星许茹慕。"听闻这里是许茹慕的先生的工作室,严琳很激动,"老雷,厉害呀,把陆立臻的工作室都引进来了!我想要他们两个人的签名!"

"要签名还是有难度的,我都还没有呢!"雷斌面露难色。

"没有也没关系,我随口说说的,不为难你。"严琳笑着说,"现在的金梧未来社区确实非常开放、多元,充满艺术气息。"

"之前矿工们抱怨连连,拆围墙的时候,还有人上来阻挠呢。"雷斌叹气道。

"这事后来你们是怎么搞定的?"严琳对此事有所耳闻,可后来如何解决的她并不知情。

"我们又不是拆宿舍,大家照样在宿舍里住着。之前废弃的电影院、食堂,经过重新改造,变成了新的休闲娱乐的地方,空间规划合理了,大家都满意,自然没有人反对了。"雷斌说起矿区职工宿舍改造的旧事。

"我也觉得改造后提升了不少,简直脱胎换骨。我记得那里以前是个露天电影院,不放电影后就荒废了,现在改造成了一个图书馆,实用多了。"姜源适时插话。

"你之前来过这里啊?"严琳惊讶地问道。

"当然,我父亲以前在矿区工作,我就是在矿区出生的,在这里住过好几年呢,后来我父亲下岗了,我们就搬走了。但是我一直很怀念这里,这也是我为什么想在矿区开民宿的原因。"姜源说道。

"原来如此。"严琳心中了然。

"那边现在还空着，规划是做成咖啡馆、台球馆、健身馆，大家要不要过去看看？"雷斌继续指引大家参观。

当姜源走进熟悉的院落，他心里的一扇门似乎也被打开了。阳光透过杉树，照射在他的脸上，一瞬间让他豁然开朗。

"这里就是我想要开民宿的地方！"他兴奋地和严琳、何逸、雷斌说道，"雷书记，我想将这里打造成一个独一无二的未来社区专属民宿。"

"民宿？倒是也可以。"雷斌略一思索，觉得这个方案可行。

"太好了，我可从来没见过他如此笃定，看来这事准能成。"何逸也被好友的兴奋情绪感染，开心地说道。

"看来这一趟我们没白来。"严琳也为他们高兴，她又跟雷斌说道，"你们未来社区也要和我们庙贤村多互通有无，一起宣传。"

"一定，一定，抱团发展嘛。"雷斌连连点头，"最近乡政府准备搞研学旅行项目，会把绿春湖景区一起规划进来，还会安排你们的救援队对游客进行培训。"

"研学旅行？"严琳不解。

"简单说就是把研究性学习、旅行有机结合起来的校外教育活动，是学校教育和校外教育衔接的一种创新形式，说白了就是吸引家长或老师带孩子过来，一边旅游一边学习。"

"听起来还挺吸引人的。"严琳对此也很有兴趣，"以后有空和我再详细说说。"

"好，好。"雷斌连声附和。

"研学旅行项目确实不错，既能吸引游客，又有教育意义。"何逸和姜源也很认同。

钟一鸣多年的合作伙伴金雁,在他的反复劝导下,也决定来溪美村创业。金雁不仅带来了资金、项目,还带来了一个二十多人的团队。

蓝相谊对金雁的到来格外重视,他问金雁是否有需要协助的地方,乡里会尽力支持。

金雁说:"有溪美村的蔬菜种植基地就可以,我们在那种菜,在那直播,在那里办农场,足够了。"

"你们直播,总要有办公室和场地吧。"蓝相谊仍然劝说,"沐尘村有老街,你们可以选一处场地办公,政府给予房租补贴。"

"蓝乡长,真的不需要,我们的直播是在田里,而我就是主播。"金雁拒绝道。

"你带着年轻人过来创业,和年轻人一起搞直播、拍视频,紧跟时代潮流,还不怕条件艰苦,真是太让人敬佩了。"蓝相谊对金雁刮目相看,大加赞许。

"艰苦创业,就要有能吃苦、肯吃苦的精神嘛。"金雁笑着说。

金雁来到溪美村后,便带着团队在蔬菜种植基地里拍短视频,做起了直播。他将蔬菜种植面积扩大了一倍,又养起了鸡、鸭、猪、羊,他的农场一片繁忙的景象,小乡村也更热闹了。

金矿探险旅游区建设得如火如荼,可怎样才能将金矿探险旅游区宣传出去,让更多人知道,一时间程晨并无头绪。

这天,他给在杭州一家电影公司担任创意总监的老同学尹子浩打电话，想看看他有没有好的想法。

程晨把金矿探险旅游区开发建设的事情与尹子浩讲完后，说道："你说，我们的矿区能不能开发成影视剧拍摄基地？"

"你这个想法倒也可行，但是我觉得'元宇宙'风头正盛，你们也可以考虑考虑。"尹子浩给出了建议。

"'元宇宙'怎么搞？"程晨追问。

"这个我们也在尝试，我们公司正打算举办一个'元宇宙'短视频创作大赛。"

程晨内心有所触动，金矿探险旅游区和"元宇宙"是否可以联系在一起呢？虚拟世界与高科技相结合，一定更容易让景区脱颖而出。程晨想到了他看过的电影《夺宝奇兵》和玩过的游戏《黄金矿工》，心中渐渐有了方向。

挂断电话后，程晨便开始查资料，写规划。几天后，程晨召集金矿探险旅游区项目的各个部门负责人开会，会议的主题是"'元宇宙'背景下的矿区旅游开发"。

会上，听程晨介绍完"元宇宙"与矿区旅游开发相结合的设想，何丰源疑惑地问："书记，我们也要搞'元宇宙'吗？这我们也不懂啊。"

"有什么不可以的呢？不懂我们可以学啊！我们也要敢想敢做。"程晨直言。

"我觉得'元宇宙'很好啊，万物皆可'元宇宙'，我们也可以搞。"雷斌支持这一设想。

"只要是合理合法的、能用上的东西，我们都可以用。"蓝相谊也赞同这种做法。

很快,大家围绕如何将"元宇宙"概念和矿区旅游开发紧密结合起来进行了激烈的讨论。

想要让矿区火起来,矿区旅游开发的方向应该是高科技的、新潮的、好玩的。确定了目标和方向后,大家把合作对象确定为科技公司、游戏公司等。

经过一番努力,几个月后,"黄金矿工""夺宝奇兵"等沉浸式剧本杀游戏在矿区落地,还有一家大型游戏公司在矿洞搭建了AR(增强现实)实景游戏平台。

金矿探险旅游区的新潮概念和玩法,很快便吸引了年轻人的关注,很多年轻人前来体验,金矿探险旅游区成为热门景点。这是继绿春湖景区之后,同尘乡的第二个"网红"景区。

"物尽其用,矿区得到了充分开发与利用,符合新发展理念,不仅生态环保,而且特色鲜明,成效显著……"上级领导来视察时,对于金矿探险旅游区的开发赞不绝口,"你们挖掘到了一座新的金矿。"

程晨受到了莫大的鼓舞,他相信同尘乡的建设一定会越来越好。

曾小柔和罗高亮酿造的云山竹薏米酒供不应求,他们又拓展了新的产品线,相继推出莲子酒、黄精酒。

为了发布新酒,曾小柔和罗高亮把发布会地址选在了溪美村老街入口处新开的酒楼,做足了场面。

发布会当天,除了村里的乡亲,他们还请了陈宇彬过来一起品尝新酒。

"你们的品牌做得越来越大了。"钟一鸣夸赞道。

"最近生意稍微有些起色,舍得投入了。"曾小柔直言。

席间,罗高亮给钟一鸣引荐了陈宇彬:"钟书记,这位是山地自行车赛的组织者陈宇彬,他说有项目想找你谈谈。"

"钟书记,我想在溪美村搞条波浪道,用来做山地自行车骑行训练,也可以作为山地自行车比赛的赛道。欧美国家很早就流行在山地波浪道上训练骑行了。"陈宇彬向钟一鸣说出了自己的想法。

"波浪道?就是起起伏伏的像波浪一样的自行车道吧?这个我见过。"钟一鸣也饶有兴趣,他问陈宇彬,"你为什么选择我们溪美村呢?"

"罗高亮夫妇俩经常跟我说溪美村的政策好,帮扶到位,而且我看你们山脚下的那块地很适合修赛道,放着不开发多浪费呀!我想将这块地打造成专业的山地自行车赛事场地。"

"之前我们这里也举办过一次山地自行车赛,当时就有人说我们的山道条件好,但就是没啥规划,设施不齐全。那么,我们是不是可以好好修修,提升一下档次水平?"

"最好修成国际化的!"陈宇彬大胆提出了自己的想法。

"既然你说欧美流行波浪道,那你跟我说说,欧美的波浪道是怎么样的?"钟一鸣心想,如果这波浪道能修,那他一定要修成最好的。

"我之前和欧美的波浪道设计团队联络过……"陈宇彬对于山地自行车运动的热爱,那可是深入骨髓了,他滔滔不绝地和钟一鸣讲解了一番。

钟一鸣听了他的介绍和规划,心里也有谱了。二人一拍即合,当即决定把该项目的规划上报给乡政府和相关部门。

钟一鸣敢想敢做，这是乡政府给他的勇气。前段时间，他上报的建猕猴桃检测中心的提议，经过多方共同努力，现在已进入招投标阶段了；他提议建设的畲族文化广场，镇海区那边也给了设计图纸，很快就可以动工了……

果然，梦想还是要有的，事在人为。

来同尘乡创业的人越来越多，蓝相谊专门建了"同尘乡创客联盟"微信群，加入这个微信群的，有搞农业的、做直播的、开民宿的、做电商的、办酒厂的……共有十几个人。为了方便沟通，同尘乡九个村的村支书也加入了该群。

蓝相谊在群里说："大家以后要多多交流，互通有无，一起成长。"

"趁此联盟成立之际，我邀请大家来我的农场小叙，一起聚个餐。"金雁向大家发出了邀请。

"感谢金总邀请，大家有空去的可以一起去呀。"蓝相谊带头报名，其他人也纷纷响应。

一行人来到溪美村金雁的农场，田间种植了各种蔬菜，院子里还搭起了一顶顶白色的帐篷，一群年轻人正在田间嬉闹欢笑，与其说这里是种植农场，不如说更像是休闲农场。

"你们就住在帐篷里吗？会不会太艰苦了？"蓝相谊走到帐篷前，问一个穿红衣服的女孩。

"我们经常露营，杭州的同事们可羡慕我们了！"女孩笑着回答。

"年轻人的想法果然不一样。"蓝相谊笑了笑,随后又追问,"在溪美村工作生活,感觉方便吗?"

"有网有快递,很方便。在城市里我经常宅在家里,在乡村我反倒喜欢出去走走,亲近大自然。"女孩爽快地表示,"城市套路深,我要回农村。"

"哈哈!"蓝相谊等人被逗笑了,"如果大家都选择回农村,那乡村振兴最需要的人才就有保障了。"他又问女孩:"你们在这里有遇到什么困难吗?"

"没有困难,我们老板很照顾我们,带我们边玩边赚钱。"女孩把手指向田里,金雁正在摄像机前边做美食,边认真讲解。

蓝相谊等人饶有兴趣地看着,等金雁录完视频,一行人才上前打招呼。金雁戴着帽子录视频,他摘下帽子时已是满头大汗。

"你的视频真不错,解说也很吸引人,不愧是有百万粉丝的主播。"蓝相谊对金雁伸出大拇指,夸赞道。

晚餐在农场的院子里吃,大家喝着罗高亮和曾小柔酿的酒,吃着金雁烤的羊排,喝着钟一鸣带来的猕猴桃果汁,说说笑笑,气氛愉快。

大家觥筹交错,一起畅想未来,都对同尘乡的发展充满了信心。

## 第二十章 和光同尘

对于钟一鸣和陈宇彬提出的修建山地自行车赛道的规划,经过认真考量,乡政府给予了支持,决定推动项目落地。在溪美村修建一条世界级山地自行车赛道,是同尘乡打造竞技之乡的必要之举。

蓝相谊铆足了劲,到体育、林业等相关部门咨询,他也通过各方引荐,到各地参观交流学习,挖掘合作的可能。

二〇二二年二月四日,大年初四,立春当日,万众瞩目的北京冬奥会开幕,同尘乡的男女老少都围在自家的电视机前收看冬奥会直播。

看着电视里的滑雪比赛,严琳感叹道:"我也好想去滑雪呀,要是我们家乡的雪场建起来,那该有多好。"

"绿春湖不是一直规划要建滑雪场吗?怎么没行动啊,这事你得推进啊！"崔玉娇边看电视边说。

严琳解释道："之前因为项目资金没有到位，不过今年确实要抓紧推进了。"

冬奥会之风已起，绿春湖滑雪场的建设，也加快了步伐。

春节假期过后，程晨叫来了严琳，和她说起了滑雪场项目的进展："严书记，绿春湖滑雪场项目的资金已经到位了，除了滑雪场，还会修建配套的体育馆。"

"太好了！程书记，等滑雪场建好，咱们的绿春湖景区一年四季都会有游客前来，庙贤村的发展也一定会越来越好。"严琳眼前仿佛出现了游客们在滑雪场滑雪的景象。

几日后，程晨、蓝相谊等乡政府领导来到了庙贤村，出席绿金龙游全竹绿色产业园的奠基仪式。出席奠基仪式的还有龙游县领导、绿金开发集团党委书记、林业专家等。这个项目已筹备很久，如今终于可以开建了。

"在以坚持扩大内需为主基调的新发展格局下，竹产业作为助推乡村振兴的重要抓手，必将迎来新的发展机遇。绿金开发集团在水务、农业、环保及能源产业等方面，有着综合优势和强大实力。绿金龙游全竹绿色产业园正式开建，对补齐我县竹产业短板具有不可替代的作用，一定能为我县竹产业高质量发展注入强劲动力。"龙游县领导的发言掷地有声。

"绿金龙游全竹绿色产业园开工建设后，将全面开展园区招商工作，之前关闭的竹拉丝企业都有机会回到这里继续办厂。"园区负责人表示，"我们会尽量给当地企业以扶持，根据政策减租或者免租，与当地企业携手同行。"

奠基仪式结束后,吴宗林跟蓝相谊、严琳等人感叹道:"以后,竹加工废料会由绿金开发集团制成工业用碳,污水经过处理可以循环利用,环保问题解决了,竹产业也能持续发展,再也不用担心得罪乡亲,也不用担心污染环境了。"

蓝相谊、程晨和严琳等人都认同地点头,又一个筹划多时的大项目得以落地,大家都对未来充满了期待,工作的干劲也更足了。

严琳负责协助产业园的招商工作。产业园开建的消息一传出,大家都奔走相告,之前在庙贤村办厂的几个厂长主动找到严琳,请她帮忙牵线联系,都想着赶快入驻产业园,以重启奋斗了半生的事业。

同尘乡申报的山海协作乡村振兴援建项目得到了批复,同尘乡将修建一个老年活动中心,一楼是老年食堂和老年活动中心,二楼是孤寡老人的宿舍。

修建老年活动中心的资金,大部分来自山海协作的帮扶单位,而活动中心的运营,则是由同尘乡负责。

同尘乡老人多,很多年轻人都在外地打工,如何让老人老有所养,是乡政府一直在思考的问题。

有一些孤寡老人,八九十岁的高龄还要自己煮饭,老人们经常是随便煮个菜汤,吃几口米饭,就算是一餐了,营养根本无法保证。而且有些老人行动不便,煮饭困难,连吃饭都成了问题。以后有了老年食堂,这些问题就都可以解决了。

老年食堂为乡里的老人提供一日三餐，每顿有三个菜，有荤有素，价格公道，还可提供送饭上门服务。

老年活动中心的修建，受到了同尘乡百姓的一致好评。

这天，严琳从乡政府办完事正准备回村，程晨叫住了她。

"严琳，我的挂职期就快到了，要回杭州了。"程晨有些欲言又止，但是再不说就没机会了，于是他鼓起勇气看着严琳，"严琳，接下来你有什么打算吗？庙贤村的发展已经步入了正轨，你也该为自己考虑考虑了……你，想和我一起去杭州发展吗？"程晨有些语无伦次地说着。

在与严琳相处的这些日子，程晨越来越欣赏这个心地善良、敢想敢做的女孩，和她在一起他总是很开心。如今，在同尘乡的挂职期即将结束，他便也顾不得上下级的关系，把自己的心意表达出来。他知道，就算他说出来，严琳也不一定会答应与他一起去杭州，但是，如果他不说出来，就再也没有机会了。

严琳没想到程晨会对她说这样的话，她不知道自己是否喜欢程晨，她只知道有事情时她总是会第一时间想到他，和他在一起时她总是很安心。听到程晨要离开同尘乡，她的心里突然空落落的。听到程晨问她将来的打算，她的心又怦怦直跳，一时间不知该如何回答。

"我……我没想过……"严琳低着头，不敢直视程晨的眼睛，她沉吟片刻后，如实说，"其实我一直想继续学习，想考研，可我知道……我早晚会回来的，我想为家乡做点事情。"

程晨明白了她的想法，也不再多说什么。虽然他早已料到会有这样的结果，心中仍然怅然若失。

这天晚上，严琳失眠了，她脑中总是回响着程晨对她说的话，浮现出他先是期盼后是失落的眼神。她年纪也不小了，是该为自己的将来做打算了，但是她该如何选择呢？思绪像搅乱的麻绳缠绕在一起，一时让她理不清头绪。

罗高亮和曾小柔一起回到了曾小柔的家乡泸州，这次，他们是带着自家生产的酒，去参加国际酒业博览会的。

云山竹酒的展台前，挤满了来自各地的宾客。看到自己倾力打造的酒能参加盛大的国际酒业博览会，和各大名酒同台亮相，这是曾小柔创业之初未曾想过的场景，她有种恍然之感。

在这次博览会上，云山竹酒因为高品质赢得了众多订购商的青睐，谈下了几笔大的订单，罗高亮和曾小柔心里乐开了花。

曾小柔已经怀有身孕，如今订单不断，更是喜上加喜。

博览会后，曾小柔和罗高亮回了叙永老家。父母见到女儿、女婿前来，甚是高兴，一家人围坐在餐桌前边吃边聊。

"你妹妹过完暑假，也要去龙游职校读书了。"曾母对曾小柔说道。

"爸、妈，我记得你们之前不同意妹妹去外地学习，现在怎么又愿意把妹妹送出去了？"曾小柔问道。

"我听说之前去龙游学习的孩子，都有了不错的发展，送你妹妹去读书学会一技之长，将来也能找个好工作。对了，你姑父打来电话，说他现在住公租房了，八十多平方米呢。倩倩马上要去北京上大学，所以他准备把楠楠也接过去读书了。我再不让你妹妹出去，这不要被亲戚们笑话吗？"曾母边说话边给女儿盛上一碗浓浓的鸡汤。

"对了，倩倩考得怎么样呀？"曾小柔最近太忙，差点忘了李倩倩报考的事情。

"听你姑父说倩倩考得不错，已经被北京的一所大学录取了。"曾父笑着回答。

"厉害呀！"罗高亮夸赞，"对了，蓝乡长的女儿也是今年高考呢，不知道考得怎么样。"

罗高亮点开蓝相谊的朋友圈，发现蓝相谊发了一条新动态："感谢各位亲友的关心，小女已被北京大学录取，希望她在大学继续进步！"

"好厉害啊，考上北京大学了。"罗高亮由衷佩服。

"蓝乡长的女儿成绩好可是出了名的。"曾小柔也夸赞，"蓝乡长的女儿和倩倩是闺蜜，现在都要去北京读大学了，还能互相照应，真是太好了！"

对于蓝相谊而言，二〇二二年夏天，是忙碌且不平凡的一个夏天。

六月，他去了一趟海宁，吊唁故友陈健。在墓园，他打开一瓶泸州老窖，举杯和故友共饮，内心感伤。陈健的墓碑前摆满了鲜花，看来有很多人前来看望陈健。离开墓园的时候，风骤起，青绿的松柏在风中摇曳，似在为他送行，又似在鼓励他前行。

七月，他收到女儿考上北京大学的喜讯，这让他十分骄傲，但又羞于表露，最后反复斟酌，发了一条朋友圈，获得无数点赞。

同月，《浙江省灵山港幸福河湖建设实施方案》获省水利厅、省财政厅、省河长办批复印发，标志着灵山港幸福河湖建设正式进入实施阶段。蓝相谊重启灵山港的心愿，初露曙光。

八月，蓝相谊接待了从欧洲过来的十几位客人，他们是山地自行车赛道的修建者，同时也是山地自行车职业选手。蓝相谊带着他们一起去看同尘乡的地形地貌，双方用翻译软件进行交流。

山地自行车赛道的起点设在位于康坪村的同尘水库，终点设在位于溪美村的猕猴桃种植基地，分为基础赛道、腾跃道、标准竞技赛道三段。

当蓝相谊问起同尘乡山道改造为波浪道的条件如何时，修建团队的负责人安迪竖起了大拇指："Perfect！"

现场观测之后，修建团队对图纸进行了调整，很快，施工队进场工作。

同尘乡老年活动中心正在建设当中；庙贤村的滑雪场修建也在稳步推进；溪美村的种植园和林下经济的收益稳步提升，钟一鸣已经筹备起农家画展；姜源的民宿定名为"和其光"，已进入试营业阶段，得到了游客一致好评；何逸的电商平台销售额持续增长……

一转眼，程晨挂职期满，离开同尘乡的日子来到了。蓝相谊、钟一鸣等人都来到乡政府为他送别，大家虽然心中不舍，但是也祝愿他有个更好的前程。

严琳走到程晨面前,笑着低声说:"我报考了今年浙大的研究生。"

"真的吗?太好了,加油!到时我们在杭州见。"程晨温柔地看着她,笑容和煦。

"你们在偷偷说什么话呢?"蓝相谊笑着打探。

"没什么。"程晨有些不好意思,他转移话题,"我只是暂时离开,工作上还会和大家保持联系,山海协作还有新的项目,等着我们去实践!"

秋风吹过,空气中弥漫着桂花的香甜,让人心中不禁温柔起来。

与众人道别后,程晨离开了同尘乡,在车上,他不停回望,感慨道:"和其光,同其尘,和光同尘。同尘乡,真是有诗意的一个名字。同尘乡,我一定会再回来的!"

山与川与海,山海协作共同富裕的路上,慢慢地开出了理想和希望之花。

# 后记

《山与川与海》是我写给家乡、献给家乡的书。

我的家乡在浙江省龙游县南面,坐车去县城要一个小时。小学三年级的时候,我爸带着我去了一趟上海,当时是坐着大货车去的。上海的高楼大厦给我留下了深刻的印象。当时的我脑袋里想的是,是上海的东方明珠高,还是家乡的山高呢?现在,我当然知道答案,是家乡的山更高。

我的家乡很具代表性,景区开发、少数民族村落、矿区改造等都有真实的案例。在我搜集素材的过程中,这些案例一下就戳到了我,我更加确信,要以家乡为原型进行创作。

在我创作的过程中,我的家乡沐尘畲族乡成为美丽城镇省级样板,是全国民族乡村振兴试点和省级民族乡村共同富裕示范点,也是浙江省首批县域风貌样板区之一。

家乡越来越好，这让《山与川与海》的故事也更具有典型性。

在创作的过程中，我常与从四川来龙游的朋友一起聊天，他们的豪爽热情让我印象深刻；在采访基层干部的过程中，他们虽然工作很忙碌，却总是尽力配合我。对于他们的帮助，我在此深表感谢。

感谢家乡政府，感谢家乡企业三禾酒业总经理卢国文，感谢从四川远道而来在我的家乡创业的曾小容女士，感谢四川黑水、四川叙永、浙江海宁三地政府，也感谢书中故事人物原型的家属。

书中除了省、市、县用真实地名，乡、村皆作化名处理。

最后，感谢大家给予我的帮助和支持，正是因为有你们，这本书才得以完整呈现。

山与川与海，和光同尘。共同富裕，我们一直在路上。

最后要说的是，我的创作还在继续，请期待我的下一个故事。

2024年9月

于杭州